Todo lo que crece

VOCES / ENSAYO

COLECCIÓN VOCES / ENSAYO 317

Nuestro fondo editorial en www.paginasdeespuma.com

Clara Obligado, *Todo lo que crece. Naturaleza y escritura*
Primera edición: noviembre de 2021
Tercera edición: noviembre de 2022

ISBN: 978-84-8393-302-2
Depósito legal: M-25889-2021
IBIC: DSK

© Clara Obligado, 2021
© Fotografía y arreglo floral de cubierta: Alex F. Banegas y Julieta Obligado.
 Retoque fotográfico: Manolo Yllera.
© De esta portada, maqueta y edición: Editorial Páginas de Espuma, S. L., 2021
Editorial Páginas de Espuma
Madera 3, 1.º izquierda
28004 Madrid

Teléfono: 91 522 72 51
Correo electrónico: info@paginasdeespuma.com

Impresión: Cofás
Impreso en España - Printed in Spain

Clara Obligado

Todo lo que crece

Naturaleza y escritura

PÁGINAS DE ESPUMA

ÍNDICE

Para Max Siedlecki, en el comienzo.
Para Matías Obligado, que acaba de nacer.

Si pudiera ser un indio, ahora mismo, y sobre un caballo a todo galope, con el cuerpo inclinado y suspendido en el aire, estremeciéndome sobre el suelo oscilante, hasta dejar las espuelas, pues no tenía espuelas, hasta tirar las riendas, pues no tenía riendas, y solo viendo ante mí un paisaje como una pradera segada, ya sin el cuello y sin la cabeza del caballo.

Franz KAFKA, *El deseo de ser un indio*

SUR

Hay un origen.

Estoy sentada en una terraza. Cruje el sillón pintado de blanco. En la esquina, un tiesto, que entonces llamo maceta. Lo veo casi en otra dimensión. Es un geranio, o malvón, como se le dice en mi tierra.

Veo, pues, el malvón/geranio quebradizo, hojitas polvorientas, rugosas. Veo como los niños ven: inaugurando.

Una elipsis. La noche y sus terrores, fantasmas desvelados, el latigazo de la lluvia sobre el damero de la terraza. Por la mañana, en un cielo inofensivo, está clavado el sol. El tiesto rezuma humedad y el malvón bailotea desperezándose, estira sus bracitos verdes, en el centro le ha brotado una flor roja. Tengo cinco años y veo un milagro. Soy una Eva que descubre el mundo, el paso del tiempo, la belleza, la fragilidad.

Ese geranio crecerá en mi memoria.

Los sentidos ardientes de los niños, esa mirada obsesiva que descubre nervaduras, patitas, aromas. Antes de que nazcan las palabras están el tacto, el olfato, el oído. Polvo en las alas de las mariposas, antenas que se expanden, la mirada perversa de un saltamontes, cae en tirabuzón la hoja de un eucaliptus. En el tronco enrollado trasiegan las historias infinitas de los insectos. Olor a verano.

Recordamos antes de poder nombrar, hay un mundo de sentidos anterior a las palabras, a la razón, al tiempo, volvemos a él, soñamos con recuperarlo. Un jardín anterior al tiempo, un Edén donde se protege la nostalgia, y a él recurrimos cuando estamos perdidos.

«Entremos más adentro en la espesura»[1]. En ese verdor original nos fusionamos con todo lo que crece, somos parte del cosmos. «Parte de», no individuos presuntuosos que se enfrentan solitarios. Leo a María Zambrano.

Cuando sea escritora pasaré horas intentando cazar esas emociones que preceden al lenguaje. Escribir, fantaseo mientras camino, es ir hacia el sueño, imaginar hacia atrás.

Han pasado décadas desde esa escena fundacional y solo hay emociones en mi memoria. ¿Son parte de mí o suceden fuera? Una flor y un instante.

Iré creciendo como esa planta y mantengo en la naturaleza una alegría radical.

Emily Dickinson era, además de poeta, botánica, su herbario contiene cuatrocientas veinticuatro especies de flores silvestres y está organizado por el sistema de Linneo. Imagino a la poeta concentrada; tiene apenas catorce años y estamos en 1845, en

1. Juan de la Cruz. *Cántico espiritual.*

la zona rural de Massachusetts. Con la elegante caligrafía de Dickinson, los nombres de las plantas están escritos en latín; el herbario comienza con un jazmín blanco común y termina con un racimo de romeros azules. Qué sencillez.

«Para hacer una pradera es necesario un trébol y una abeja un trébol, y una abeja.
Y un ensueño.
Bastará solo con el ensueño,
si abejas hay pocas».

También está el pavor. La fuga pánica de los animales en la tormenta, la explosión de un volcán. Décadas más tarde, en otra vida casi, me asomaré a un volcán en Nicaragua, a su potencia monstruosa, la boca incandescente que regurgita fuego. En Guatemala un pueblo quedó sumergido bajo una carretera de lava. Después del desastre, veré a las mujeres barrer las cenizas interminables. Incendios concéntricos, belleza y horror. También se escribe desde el impulso de huir. Aunque apenas tengo la percepción de mi pequeña vida, el secreto de las noches me excede. Nacemos asustados; las hienas caen en el mundo bañadas en testosterona, en cuanto pisan la tierra deben huir. Devorar o ser devorada.

En el campo el mundo es un horizonte sin freno. Un perro ladra. Como en un eco, contestan otros perros. El mensaje cifrado de los animales, su telegrafía invisible, señales de peligro o de amistad. La memoria de la especie, el patrimonio del miedo a la oscuridad, cuerpos que recuerdan lecciones ancestrales, millones de años de vida concentrada, un pavor que nos protege. En la maraña sonora de la noche se agrietan los gemidos, me escondo bajo las sábanas. Los perros dejan de ladrar tan abruptamente como empezaron.

Cuando se acerca la tormenta, el perro se pone patas arriba, las libélulas, que todavía se llaman «alguaciles», vuelan bajo. Tantos misterios. Leer la naturaleza como si fuera un libro, quién pudiera.

Leernos.

«Pánico» proviene del griego, y se refiere al dios Pan, que venció a los enemigos que lo aterrorizaban por medio de un gran estruendo. Pan, pues, se refiere al dios, y *oikós* a «casa». Es decir: pánico es el miedo que provocaba la casa donde moraba el dios.

«Crepúsculo» quiere decir «pequeña muerte».

En la noche demasiado grande a menudo tengo insomnio, me pierdo en la cama, giro, gateo, no sé dónde están las paredes, sábanas y almohadas me ahorcan.

Mi hermana no respira, se remueve y habla sola, me observa con sus ojos vacíos, lanza una risita burlona. Los seres de sus sueños la atormentan, discute con ellos en un idioma incomprensible. Intento colarme en sus pesadillas, pero no me deja. A veces me despierto sobresaltada y está junto a mí, silenciosa, en camisón. Está, pero no está. Si apoyo los pies en el suelo alguien me atrapará por los tobillos, si bajo de la cama no sabré regresar, el miedo primigenio que me ata a una cadena de seres temblorosos. Configuro el vértigo de la noche, el campo desmesurado, la muerte y la nada. La naturaleza y su indiferencia aterradora. Dejaré de estar sola cuando aprenda a leer, haré una madriguera entre las sábanas e iluminaré con una linterna las páginas sigilosas. Si me descubre mi madre llegará el castigo, en casa impera su ley marcial. Estamos aislados en mitad del campo y la luz se corta a las once de la noche. Me agazapo, desarrollo estrategias, aprendo a sobrevivir. Cuando el cielo deriva al turquesa, los gallos retumban.

Morimos todos los días, en el crepúsculo.

Sin embargo, dormir nos muestra que no estamos solos. Cuando el sol se oculta descansamos en manada, dándonos calor. Se silencian las cigarras, los pájaros, las ranas de la laguna. Dormimos y nos mantenemos despiertos de manera sincronizada. Todos los seres vivos sabemos cuándo anochece.

Desde muy pequeña vagabundeo, aprendo a sumergirme en la soledad como en un territorio liberado, vacío de padres, hermanos, pautas y castigos. Allí soy libre. Los pies en la tierra, la cabeza en el cielo, donde los pájaros cumplen con su rutina. Severa sobre un poste, una rapaz me estudia. Camino sola cuando nadie se preocupa por mí. Huyo e investigo, siento y fantaseo, me dejo llevar. Reconozco, asocio. El paisaje me atraviesa, se mezcla con lo que siento, se convierte en historia: introducción, nudo, desenlace. Como los héroes de los cuentos de hadas, partir, recorrer y llegar, conquistar un reino. El jardín alrededor de la casa. El parque alrededor del jardín. Alrededor del parque, el huerto. En círculos que se dilatan, la pampa incesante. ¿Y más allá?

Leo el mundo con los pies.

A la hora de comer suena una campana y acudo la primera, respetar ciertas normas me hace invisible.

Los antiguos romanos leían el destino en el vuelo de los pájaros, los abrían en canal y consultaban en sus órganos qué sucedería mañana, en la etimología de muchas palabras ligadas con la adivinación está escondida la palabra «ave».

«Auspicio», de *avis spicio*, hablo con los pájaros.

«Augur», sacerdote que adivina el destino a través del vuelo de los pájaros.

«Arúspice», el que es capaz de descifrar el galimatías de sus entrañas.

«Proclive», *pro clivia avis*, de pájaro de mal agüero.

Aunque no tengamos conciencia de ello, las palabras denuncian nuestra historia.

Hay más cielo que tierra en la pampa, el paisaje vuela sobre mi cabeza. Baja la tarde en el verano y camino hasta un punto desde donde se ve el crepúsculo. Un sol austral tarda en desaparecer, falta mucho para que escale la cumbre del día. ¿A dónde irá? El cielo abraza el horizonte con una línea azul y otra roja. Bajo las primeras estrellas, la noche se deja habitar por vidas que perduran en la oscuridad. Algún pájaro rezagado canta, un animal gime. En la sombra misteriosa, yo también me apago.

Desnudos y felices, en el principio sobrevivimos integrados en la naturaleza, en el Edén, que también se llamó Paraíso. Un jardín acotado donde el trabajo del agricultor estaba omitido, donde nada alude al duro oficio de arar.

La Biblia tradujo la palabra hebrea «jardín» (*gan*) con la palabra griega *parádeisos*, que a su vez viene del persa *pardês*, huerto, parque, jardín. No se trata de una naturaleza desaforada, Dios era sistemático como un contable.

Ese relato nos funda; en él estábamos subordinados a un dios, y la naturaleza subordinada a nosotros. Su dedo nos apunta y nos convierte en pastores y jardineros.

Hubo un Edén, un territorio vago donde se cultivó la idealización ecologista. La imagen que tenemos proviene de los pintores del norte de Europa, donde un Adán y una Eva con aspecto de campesinos holandeses, pelirrojos y pálidos, desnudos como ranas, discurren en torno a un árbol. ¿Eran realmente manzanas? Según cuenta la tradición, no hubo manzanas en el paraíso, sino que fueron plantadas allí por un error de traducción, *malus* puede ser tanto «manzano», como «mal». La fantasía de una naturaleza que se entrega. El desencuentro original. Realidad y ficción. Mal y manzanas.

«Vivir en la naturaleza». «Lo que la naturaleza nos da», entenderla como una huida del «mundo». Casas «rústicas» con ventanas desmesuradas que no protegen del frío ni del calor, huertos y jardines. Flores pintadas con precisión de miniaturista. Pero el campo es horas mirando el cielo, sequía, inundación, granizo. Pobreza y trabajo.

«El jardín del Edén», «Edén, el jardín de Dios», «el jardín de Jehová», donde los árboles embellecen el paisaje y proporcionan alimento. Un clima perfecto en el que podíamos pasear desnudos que se sitúa siempre a nuestras espaldas.

¿Todo tiempo pasado fue mejor? Así, pues, el jardín primigenio habita en el deseo o en la memoria. ¿Proviene de allí la idea de que toda infancia ha sido feliz, y que crecer es perderlo todo? Dijo el poeta «no hay otros paraísos que los paraísos perdidos»[2]. Qué aseveración tan triste. Imagino a Yahveh separándonos de los árboles del bien y del mal. Expulsándonos del huerto. Desgajándonos. Fumigándonos.

El primer castigo fue botánico.

---

2. Jorge Luis Borges. *Posesión del ayer.*

Siestas abrasadoras, chicharras que sierran el aire, el infinito aburrimiento de los niños. Se volatilizan los adultos y sobre nosotros pesa la orden de no salir. Somos cinco hermanos, duermo con la menor, no nos hablamos, tendremos que llegar a la madurez para comprender cuánto nos queremos. Me escapo, ejerzo esa pulsión que me acompañará toda la vida, huir de los lugares en los que no quiero estar, no estar nunca en lugares de los que no pueda huir. Alejarme de casa.

Cruzo los caminos en bicicleta para ir a ver a Jorge.

En el aire vibran los jejenes, se me enredan en el pelo, hay abejas laboriosas, hormigas que pasean, los cascarudos interrumpen el camino con sus reflejos irisados, escriben signos secretos sobre el polvo, se entregan al placer de sentir el sol.

No hay árboles en la pampa. Si se los planta crecen, el terreno es fértil, pero la capa de vegetación es tan espesa que no deja que las semillas lleguen al suelo. En la planicie infinita, los árboles agrupados en torno a las casas se llaman «montes». Cuando los comiencen a plantar, será el inicio de la transformación del paisaje; las grandes casas remedan construcciones europeas, parques con laguitos y parterres, estatuas, puentes, avenidas de álamos. Jardines «pintorescos», es decir, dignos de ser pintados.

Jorge es algo mayor que yo, y yo soy la hija del hombre rico de la zona. Él es hijo de chacareros, nació en la colonia de italianos que crece como un racimo de laboriosas parcelas. A nuestros territorios los separa un camino de tierra, pero eso no es todo. Su padre es un italiano alto, casi transparente, enjuto, callado. Viste casi siempre ropa de trabajo dos tallas más grande, meticulosamente planchada. Su madre es una criolla contundente que habla a los gritos y planta malvones, sedum y cactus, plantas suculentas como ella, que exigen poco. En una esquina, donde se enrosca la humedad, la cabellera rizada de un helecho espera una ráfaga de aire para liberar sus esporas. Sobre las latas de conservas que hacen de tiesto y se destiñen al sol, las melenas pubescentes de plantas.

La mujer me recibe contenta y me invita con un mate, me ofrece unos buñuelos empalagosos que me llenan la boca de un polvo arenoso. Mastico y sonrío, balanceo los pies y me estudio las zapatillas blancas. Tengo el recuerdo de mis pies de niña, morenos por el sol. Rumio como las vacas, atesoro recuerdos.

La casa es de adobe blanqueado, primorosa y recia. Han embellecido, con un sello de corcho mojado con pintura granate, la cal de las paredes de la sala. Todo es simple y límpido, esencial. Entra por la ventana el susurro lluvioso de los eucaliptus. Más que el sol, la cocina atrapa la sombra, se defiende del calor.

La casa de mis padres tiene ventanales en todas las paredes y un parque en el que crecen árboles que se prestigian en latín. Lo diseñó un jardinero famoso, y mi padre lo reinterpretó, cada tanto repite con orgullo que hay más de cien especies. ¡Cien especies! Murmura goloso: *Crataegus monogyna, Lagerstroemia indica, Populus alba,* y a mí se me llena la boca de sílabas y de plantas. Los arbustos floridos son parte de la arquitectura de la casa; erigen perspectivas los árboles, trazan líneas, confrontan tonos y texturas, esconden el garaje y la zona de trabajo, se levantan en las esquinas, se agigantan hacia el campo separando la naturaleza del paisaje.

Por las tardes la madre de Jorge riega el patio, lo barre sin levantar una mota de polvo, el patio de tierra compactada es firme como la piedra. Con el agua restante salpica las plantas, tira las sobras de comida a las gallinas que, cuando la ven acercarse, se reúnen en una asamblea cloqueante.

Mi madre tiene quien le recorte el césped, que es mullido como una alfombra, por las tardes riega las rosas. Un picaflor bebe de la parábola irisada con la que el agua inflama los pétalos, los benteveos se lanzan en picado contra el espejo de agua de la

pileta. Mi madre no cocina, no limpia, no se ocupa de nosotros.
Es guapa y distante. Nunca está contenta.

Su lema es: pudiendo ser infelices, ¿para qué vamos a ser
felices?

Mi madre, no mamá.

Roja de calor, dejo la bicicleta en el patio de tierra, Jorge
y yo nos escondemos entre los girasoles. Cabezotas amarillas,
hojitas ásperas, agostadas. Surcos aromáticos de tierra oscura.
Una máquina cosechadora duerme su siesta de dinosaurio.

No sé de qué hablamos, ni me importa, es una de esas con-
versaciones vagabundas y sinceras casi imposibles de lograr, un
diálogo reconfortante.

Jorge es mi único amigo del verano y estar con él me hace
bien. ¿Qué edad tenemos? Yo no más de nueve años, él quizá
un poco más. Tengo que volver a casa a tiempo, si mi madre
se entera de estas escapadas estoy perdida. He olvidado la cara
de Jorge, pero recuerdo la sensación que tengo cuando estamos
juntos. No es amor, no se le parece, es algo tal vez más precioso
y raro, una dulce amistad. De pronto nos quedamos en silencio,
se ha callado también el coro de las chicharras. Siento la perfección del instante, toda una vida a su lado se despliega ante mí.

—Cuando seamos grandes, le digo, seguiremos siendo amigos.

Él se sienta y me mira.

—No, me dice, con pena. Cuando seamos mayores vos y yo
no nos volveremos a cruzar.

Pienso en su casa, en la mía. En la palabra frontera.

«Recordar», en latín, significa volver a traer al corazón.

«Nostalgia» viene del griego, *nostos*, regreso, y *algos*, término
médico, «dolor». ¿Es el regreso una enfermedad? ¿Duele?

«Añoranza» es préstamo del catalán.

«Agostar»: una palabra que no podré comprender hasta que no cambie de hemisferio. En agosto, en el sur, es invierno. Cuando sea mayor volveré a preguntar por Jorge. Se acuerda de vos, me dicen. Se casó con una maestra, me dicen también. Me gustaría verlo, pero no lo busco.

Regreso en bicicleta mordisqueando un tomate que arranqué de la huerta, le clavo los incisivos a la piel que estalla, chupo un zumo casi dulce. Es una operación ritual y delicada. Lo saboreo con la mano derecha, el manubrio en la izquierda, quiero adecuar mi cabeza a nuevas perspectivas, mirar desde otro lado.

El tomate, que salió de América con Hernán Cortés, no era rojo, sino amarillo, por eso en Italia se llamó *pomo d'oro*. Como suele suceder con la piel de los emigrantes, su color despertaba suspicacias y se lo relegó a la decoración, no llegó al color que late en mi boca hasta el siglo xix. Estas historias secretas me fascinan. Lo que las pequeñas cosas esconden.

Cuando me haga mayor, cada vez que escuche una chicharra, volverán esas siestas con Jorge, los sonidos del campo devoran el tiempo. Las chicharras con sus timbales sonoros, los machos enardecidos que compiten por el dominio de la orquesta, las hembras melómanas que los oyen con paciencia hasta que, desde muy lejos, distinguen quién lleva la voz cantante. Cuando lo descubren, se aparean con él. Elegir una pareja.

Desde niña me gusta escuchar, soy como un gran tímpano en el que caen, gota a gota, historias ajenas, percibo su énfasis, su felicidad, su horror, adivino lo que subyace. Soy una cazadora de vidas. Apunto en un cuaderno y luego tiendo las vidas sobre el papel, con un lápiz afilado rebusco en su corazón.

Escribo de noche. La oscuridad del cielo va encendiendo las estrellas y el silencio, a mi alrededor, hace que cualquier sonido se vuelva intenso.

¿Cuándo nos separamos de la naturaleza? ¿Cuándo nos concebimos distintos, enfrentados? ¿Ella y nosotros? Me miro en el espejo, desde dentro me estudia un animal atónito, un pez está varado en el azogue, corretea un lagarto. Somos monos capaces de poner nombre, seres abiertos al entusiasmo. La dicha elemental de existir, la alegría sin sombras del cuerpo, esa reconexión vital con la tierra que pisamos. Un galope amplía nuestra conciencia, la libera, un pájaro la hace volar. Mientras camino siento que también formamos parte de este jardín empecinado y natural, observarlo es observarnos.

Me acompañan estos versos: «Cansado/ por carecer de antenas/ de un ojo en cada omóplato [...] cansado/ sobre todo de estar siempre conmigo [...] como si no deseara [...] acariciar la tierra con un vientre de oruga/ y vivir unos meses/ adentro de una piedra»[3].

Y un deseo anfibio, una nostalgia, cuánta añoranza de nuestro cuerpo animal se asoma en los mitos: un centauro, un hombre lobo, una sirena, un ángel:

«Me llamo Mary Katherine Blackwood. Tengo dieciocho años y vivo con mi hermana Constance. A menudo pienso que con un poco de suerte podría haber sido una mujer lobo, porque mis dedos medio y anular son igual de largos. Pero he tenido que contentarme con ser lo que soy»[4].

Antes de almorzar, un abejorro gigante zumba fumigando el campo, la avioneta se lanza en picado hasta rozar la tierra,

---

3. Oliverio Girondo. *Cansancio.*
4. Shirley Jackson. *Siempre hemos vivido en el castillo.*

como una acróbata roza los sembrados y se vuelve a elevar. Tuve un amigo cuyo padre era uno de estos pilotos y me pareció que era el hijo de un ángel.

El olor del veneno. Conozco su efecto sobre nuestra tierra devastada, pero adoro el olor del veneno. El perfume del flit contra las moscas. La máquina haciendo fu-fú, como ahuyentando a un gato. Antes del almuerzo mi madre cierra todas las ventanas y Haydée avanza, bombea una nube de insecticida afrodisíaco. Pesadas, las gotas caen al suelo, donde las moscas, moribundas, giran y zumban tendidas sobre sus alas. Tengo que sentarme en el porche y aburrirme hasta la extinción de los insectos.

Dicen que las moscas viven veintiocho días, yo creo que son eternas. Cuando llego a las casas del verano las veo junto a la ventana, con las patas hacia arriba, manchas oscuras sobre el suelo de barro. Un rato más tarde vuelvo a pasar y han desaparecido: las moscas resucitan. Las imagino copulando desvergonzadas y también en la carnicería del pueblo, pegadas en una tira amarilla engomada, el zumbido agónico de su desesperación.

Qué fácil es ignorar el sufrimiento de aquellos con quienes no nos identificamos. ¿Por qué nos repugnan los insectos?

Si nos fuera dado leer el presente en toda su densidad seríamos capaces de conocer el futuro, cuántos indicios asoman en estas escenas infantiles. Los venenos y su trascendencia, nuestra ignorancia de entonces. Rachel Carson escribió: «por primera vez en la historia del mundo, todo ser humano está ahora en contacto con productos químicos peligrosos, desde el momento de su concepción hasta su muerte. Se han encontrado en peces en remotos lagos de montaña, en lombrices enterradas en el suelo, en los huevos de los pájaros y en el propio hombre, ya que estos productos químicos están ahora almacenados en los cuerpos de la vasta mayoría de los seres humanos. Aparecen en la leche materna y probablemente en los tejidos del niño que todavía no ha nacido»[5].

Rachel Carson fue la pionera del ecologismo y pasó horas sumergida en aguas contaminadas investigando los efectos de los venenos. Murió de cáncer. Cuando publicó su investigación sobre los efectos del DDT fue atacada por la industria agroquímica. Un antiguo Secretario de Agricultura llegó a escribir: «como no se ha casado, a pesar de ser físicamente atractiva, probablemente es comunista».

En 1951 publicó *El mar que nos rodea*, y comenta su recepción: «Mucha gente parece mostrarse sorprendida porque una mujer haya escrito un libro sobre el mar. Y creo que sobre todo les pasa a los hombres. Tal vez se han acostumbrado a pensar que los campos más excitantes del conocimiento científico son exclusivamente masculinos. De hecho, en una de las últimas cartas que recibí no hace mucho, un hombre se dirigió a mí como "Estimado señor", explicando que aunque sabía perfectamente que yo era una mujer, simplemente era incapaz de reconocerlo».

No sé si la anécdota me da risa o ganas de llorar.

Haydée y sus zapatillas azules, la mirada humilde y socarrona. Practicaba una forma de inteligencia superior: la de la bondad. Me hablaba de vos, yo a ella de usted. Cuando empecé a tutearla, subrayando nuestra distancia insalvable, ella hizo lo contrario. Se quedó viuda joven, con dos hijos a los que sacó adelante. Cocina como las diosas. Pasta amasada, pastelitos de membrillo, tortas fritas los días de lluvia. Suya es mi memoria

---

5. Rachel Carson. *Primavera silenciosa.*

olfativa, la lluvia olerá para siempre como las recetas de Haydée. No se sienta en la sala asimétrica de mamá, pero yo me sentaré con ella en su cocina, conversaremos mucho cuando seamos mayores las dos. Cuando mamá muera, dirá: su madre, siempre tan puntual, todo a su hora, tan nerviosa. ¿Y para qué? La severidad de mi infancia se derrumba.

Tirada boca arriba sobre el césped, en esta noche larga, siento que puedo caer hacia la oscuridad llena de estrellas. Pronto el espacio se llenará de satélites y no sabremos si lo que divisamos es creado por el hombre o flota desde el inicio de los tiempos. Hoy todavía la noche es virgen. Cuando pisó la luna, Neil Armstrong declaró: «un pequeño paso para el hombre, un gran paso para la humanidad». En parte es cierto, pero olvidó mencionar el vasto número de formas de vida que tocaron con él el suelo lunar. No somos los únicos que viajaron por el espacio, otras pequeñas formas llegaron con el astronauta, la vida es expansionista y una vez que logra asirse a un territorio es capaz de correr.

Somos la especie más derrochadora del planeta, consumimos nuestra reserva de energía para expandirnos, pero viajar al espacio puede ser, también, una forma de que la Tierra siembre sus semillas. Con nosotros, o sin nosotros, la vida se tomará su tiempo y seguirá adelante.

¿Esto se llama esperanza?

Vi el mar por primera vez cuando tenía nueve años, en unas vacaciones de invierno congeladas en las que mis padres decidieron viajar con una pareja de amigos y sus cuatro hijos. Sumados a los cinco que éramos, resultábamos una maraña de niños, amores y combates. Los adultos dormían en la casa, a nosotros nos acomodaron en el garaje. No puedo olvidar ese frío húmedo que sube del mar, y tampoco el insomnio de esa noche.

Por la tarde había descubierto la antigüedad de la Tierra. Miles de años atrás, en esa playa invernal, alguien habría visto el mismo paisaje, las olas rompiendo, el presente hundido en esa masa inalterable.

Encontré en la playa el zapato de un aviador, un trozo de mástil, los restos de un naufragio, un trozo de vidrio pulido que perteneció a una botella con un mensaje, una piedra donde cientos de conchas marinas se habían compactado, vi el tiempo y el espacio infinitos como los pudo haber visto un hombre primitivo, la arena abrumada por el roce, vi moluscos enamorados de las rocas, vi –o imaginé ver– fosas abisales, peces ciegos, monstruos marinos, millones de años batiéndose contra las olas, el caldo primordial.

Si dibujáramos un mapa desde la perspectiva de los peces, ¿cómo sería ese mundo?

Me lancé al mar con los zapatos puestos. Cuando regresé a la casa, los puse a secar junto al fuego y el cuero se retrajo, se agrietó y me quedé descalza.

En ese viaje aprehendí mucho sobre la eternidad, las cosas indecibles, la necesidad de llevar zapatos de repuesto, la mala relación entre el fuego y el cuero, la humedad y el frío y, también, aprendí a pelear como los varones.

La lejana cercanía de algunos recuerdos, su persistencia; lo que se va sin remedio y se pierde, lo que modificamos y se queda con nosotros. Medito sobre el paso del tiempo, el transcurrir de los seres vivos, nuestra obsolescencia programada, el antropocentrismo patológico, pienso en otros seres que pueblan el planeta. Un insecto vive un día, un árbol cumple nueve mil quinientos años, una tortuga, trescientos. Un molusco bivalvo islandés, que tenía quinientos siete, murió cuando los científicos lo abrieron para estudiarlo.

Si viviera en la luna vería salir y ponerse el sol cada noventa minutos, abarcaría ambos polos y pasaría de un océano a otro sin girar la cabeza. Vería el crepúsculo sobre América y el amanecer sobre Australia, podría aprehender nuestra «casa» que, vista desde la luna, se mostraría intensamente azul. Una casa sin fronteras religiosas o políticas, un hogar global. Supongo también que, si corriera más rápido que la velocidad de la luz, podría recuperarme tendida sobre el verde humeante del césped, con once años, asida a las hierbas para no volcarme hacia las estrellas. Todas estas cosas me digo. Pienso también que cada vez que escribo soy dueña del tiempo.

En el trópico las luciérnagas sobrevuelan los campos de arroz, millones de puntos de luz llegan una vez al año y cuelgan su belleza sincronizada a dos metros de altura. Entre las sombras, admiro esos farolitos que parpadean en los arbustos, encierro las luciérnagas con mi mano, las estudio y las dejo escapar.

El campo es un lugar de migraciones y sorpresas.

Llegaron las mariposas monarca y aposentaron su naranja cobrizo entre los eucaliptus. Cuerpos negros moteados de blanco, patitas agitadas, las parpadeantes alas, y este recuerdo se unirá a la palabra «lepidóptero», tan golosa, a las mariposas azules bautizadas por Nabokov.

Con su experiencia de animales perseguidos, los patos vuelan alto, espejean los cisnes y los flamencos en la laguna, pajaritos zancudos de una delicadeza oriental merodean en las orillas, detrás de las totoras las gallaretas charlan.

Llegan también revoloteando, agitando copetines y saludos, los amigos de mamá y papá.

He logrado liberarme de mis cuatro hermanos, mi madre toma el sol, teje y lee bajo los árboles. No se baña en la pileta. Por alguna razón misteriosa, no se baña jamás, es una planta que se riega a sí misma con la manguera. Tampoco usa un bañador normal: se los hace la modista, y son una especie de elegante vestidito mínimo que cubre pudorosamente el vértice del pubis. Sin embargo yo la recuerdo entre el destello de las gotas, nadando, en algún momento fue más feliz. Ahora se moja, se esconde tras sus gafas negras, se vuelve a regar. Se calcina. Todavía no le tenemos miedo al sol y la lluvia es ese milagro que huele a ozono. Mi madre lagarto.

Mi padre y yo salimos a caballo:

—Si hay trébol, dice, el campo tiene hierro. Solo crecen cardos en la buena tierra. Esos pastos indican que debajo hay humedad. No compres nunca un campo que se llame «La laguna» y donde no se vea agua, porque algún día se va a inundar.

Mi padre desplegando sabiduría y yo tan pequeña que mis pies no llegan a los estribos. El sol pica. Ando a caballo, no monto, andar se parece a un paseo, montar es someter a un animal. Papá dice también: ¿ves? Llevamos las riendas en la mano izquierda. Como los árabes. Por eso dominaron España, eran unos jinetes portentosos y tenían la mano derecha libre para blandir la cimitarra. Y con el rebenque corta el aire: zas, zas. En cambio los caballeros medievales, con las dos manos en las riendas y cubiertos de lata… Imaginate.

Dice también:

—Borges no sabía nada de campo. Todas sus historias suceden en verano, un turista.

O:

—En «El sur», Borges convierte a los gauchos en pendencieros, y los gauchos son amables y educados. Los confunde con los compadritos. Puros estereotipos.

Habla solo. Ni le interesa ni le importa mi respuesta, tiene algo que encontraré en tantos hombres: solo se escucha a sí mismo.

No será Borges el único desencuentro con papá.

Siempre es verano en los recuerdos. Los cuernos de las vacas emergen entre el sorgo, parsimoniosas se acercan a estudiarnos. Canto y caminan hacia nosotros, son curiosas, o melómanas. Nos estudiamos con la empatía y la desconfianza de los seres de distinta especie. ¿Qué piensa la vaca cuando me mira? ¿Cuál es su visión del mundo? ¿Qué se pregunta? A papá le gusta la música, pero canta muy mal. En una convención de damas rumiantes, las vacas se congregan en torno a la aguada, no hay una sombra donde protegerse. Alfalfa, girasoles, el látigo cortante de las hojas del maíz chicoteando contra el vientre de los caballos. Cortaderas y totoras en el cañadón, el cielo en los abismos del agua, el grito plateado de los teros.

Casi entre nubes sucede el paisaje en el espacio desmesurado de la pampa, el sol continúa con su ascenso tenaz. Llevo pantalones cortos y alpargatas, al llegar a casa tengo las piernas llenas de espinitas de cardo. Con una pinza me las saco con delicadeza pero algunas se quedan clavadas, me dejan marcas. Como las palabras de papá.

Ensillo y desensillo el caballo con palabras perdidas: sudadera, matra, bastos, cojinillo, cincha y cinchón. Mejor montura patera. Bocado, cabestro, bozal. El pelo de los caballos: moro, pinto, tobiano, malacara, cabos negros. En una apasionada simbiosis con el animal, galopo sola hasta que el sol se esconde, entonces abandono mi condición de centaura, regreso a casa y desensillo. Al lado del caballo soy apenas una humana. Le hablo, lo acaricio, le agradezco. Él parece asentir con la cabeza. Un cubo de agua sobre el lomo, el azote de frescor. Lo cepillo. La piel temblorosa y el retroceso del animal, quitarle la cabezada, el trote feliz al sentirse libre, las ancas que relucen potentes cuando se aleja. De pronto se detiene, gira la cabeza y me mira como si dijera, «¿todavía estás ahí?».

Encapsulo palabras que huelen a campo y a animales y que, cuando esté lejos, nadie compartirá.

No escribiré sobre estas cosas.

Si llueve me pongo un impermeable de mi padre que me llega hasta los pies, botas de goma, abro las alas de murciélago del paraguas de la tía Juana. No la conocí, pertenece a esa tropa de grandes mitos familiares de la que los adultos cuentan historias y que los niños no hemos llegado a conocer. Imagino a esos seres mitológicos siempre en escorzo. La tía Juana vestida de negro, achaparrada, la nariz ganchuda se continúa con el mentón. ¿Por qué usaba un paraguas de hombre? ¿Por qué este paraguas gótico? Nada de eso se aclara en las historias de los adultos. Cuando los goterones amainan, cierro el paraguas de la difunta, sigo entre los cardos las huellas que deja el ganado. Solo le tengo miedo a las lechuzas y su chistido humano. Hay luna llena. Hay luna llena y el campo se queja: una liebre se desvela y cruza corriendo, una perdiz aplaude súbitamente con las alas. El campo se queja.

Me veo desde lejos en el tiempo y en el espacio, casi adolescente, seguida por mis dos gatos. Les he recortado los pelos del rabo con forma de sierra y, cuando lo levantan, parecen erizados. Tengo tres avestruces mansas y dulces que me siguen y picotean el verde. Un perro. Mi hermana esconde un chimango dentro del armario. Cuando quiero sacar mi ropa el pájaro abre sus alas de rapaz y me chilla. Es amenazador pero manso como un azor entrenado, puede treparse a mi brazo. Mi hermana menor vive en su mundo paralelo. Yo también, y me escapo por las noches, desde lejos me dibujo como un personaje de Shirley Jackson. Cuando la lea, me identificaré con sus mujeres, estamos suturadas con un hilo misterioso.

La primera lección de feminismo la recibo de los ñandúes, esas aves nacidas del maridaje de un pájaro y un caballo, que no saben volar, pero que nadan, corren como meteoros y se pasean majestuosas por la pampa. Manadas presumidas y pacíficas de patas poderosas, cuellos cimbreantes, ojos grises y pestañazas de diva. Las estudio, me disuelvo en ellas, crío a algún charito que aparece perdido, aprendo de sus costumbres. Son animales curiosos que intentan atrapar todo lo que brilla. Salgo a caminar y los charitos me siguen, soy parte de la manada. Si duermen, apoyan sus cabecitas sobre mi falda. Los ñandúes son polígamos y, cuando llega el momento de la reproducción, construyen un nido donde todas las hembras ponen unos huevos tan grandes que con uno solo se podría preparar una tortilla para seis. Superada esta laboriosa tarea, ellas se olvidan de todo y charlotean por ahí. Ahora, en una curiosa paridad natural, el macho se ocupa de la incubación y de la crianza.

Dicen que somos, además de humanos, el animal que llevamos dentro. Hay gacelas, gatos, águilas escondidas en nuestro esqueleto. Arañas y víboras. Yo, en otra vida, fui avestruz. Escribiré un cuento sobre este deseo, será parte de mi identidad esta galopante nostalgia zoológica, de ojos grises, piernas largas y plumas despampanantes.

Después de almorzar, mi hermana mayor y yo llevamos un balde con sobras hasta donde vive don Juan. Es un criollo cariñoso, casi viejo, que en algún momento vivió de domar caballos. Frente al rancho, pintado de azul añil, hay un palenque donde se atan los redomones, que ahora amansan los jóvenes. Se ha dado tantos golpes que renguea un poco; le gusta conversar y sentarse con nosotras a mirar el paisaje. El paisaje es la llanura que estremece, el confín. Me acomodo junto a don Juan y tomamos mate. Duerme en un catre, casi no tiene muebles. La cocina de hierro está siempre encendida, con las brasas calienta el agua. Hay tesoros en su habitación: una bolsa de arpillera llena de bolas de piedra con las que se defendían los indios. Las recogí en el campo, nos dice, hay muchísimas. Las rodeo, mis manos pequeñas cargadas de historia. Todavía los criollos las usan para pialar al ganado.

En el cañadón, ese último potrero casi hundido en una laguna, no ha entrado nunca el arado, preserva su identidad botánica desde que el mundo comenzó, mi padre se niega a tocarlo, dice que allí está lo que la naturaleza reserva, la despensa. A lo lejos, sobre los pastos duros, vemos cruzar un traqueteante tren de madera que acerca pueblos perdidos; como signos de admiración, los molinos de agua repiten sobre el horizonte su quejido de metal.

Don Juan saca de la bolsa más piedras, muestra el surco donde se ataba el hilo de cuero para arrojarlas. Catapultas, dice. Armas arrojadizas, boleadoras, una piedra de esas, bien lanzada, te podría reventar la cabeza, son más efectivas que las armas de fuego.

Estas fueron las tierras del cacique Cafulcurá. Cuando lo oigo, la cabeza se me llena de imágenes, qué lejano y próximo es en esta zona el pasado remoto. Pienso –pensaré más tarde– que el mundo de don Juan es muy similar al de los criollos de «El sur», de Borges. Pienso que gauchos como él ya no existen. Sospecho que mi padre tenía razón.

Me concentro en las palabras que tengo que aprender para describir este mundo que se esfuma, las atesoro, escribo un diccionario paralelo, son las claves secretas, sin ellas no podría regresar. Don Juan dice también que su puchero es el mejor y que las mujeres estropean los cuchillos. Como todos los criollos, lleva un facón en la espalda, sujeto por una faja. Boina o sombrero ladeado, alpargatas. Si es domingo, se pone botas y, sobre la faja, una rastra con monedas de plata. El cuchillo, en el campo, se usa para todo. Protesta mientras frota el metal contra una piedra mojada, sisea la hoja, me enseña a cortar siempre al bies. Los cuchillos afilados y los galgos esqueléticos son los atributos de don Juan. En invierno y en verano se levanta con el sol, prepara asado para los hombres que trabajan en el campo y comen sin plato, ayudados por el cuchillo, los dientes y un trozo de galleta. Cuando se van, limpia y arregla los aperos de los caballos, al mediodía les tiene preparado el almuerzo. Un mundo sin mujeres. No hay agua corriente, se lavan los pies en una bomba de agua helada. Acariciando la cabeza de los galgos, mi hermana y yo repartimos las sobras. Contra nuestras piernas desnudas, los perros felices dan latigazos con el rabo. Don Juan tiene bancos hechos con caderas de vaca y cubiertos con piel de oveja, usa como cuchara cuernos pulidos, en ese mundo elemental todo se recicla. Con finas tiras de cuero borda aperos para los caballos, a veces los mezcla con plata y el patio se llena de brillos. Busca dentro de un arcón y trae una flor hecha con paja, sus cuadernos de escolar, un mapa. Qué letra preciosa. Nos enseña refranes: «viento del Este, lluvia como peste». «Norte claro, Sur oscuro, aguacero seguro».

Detrás de la casa, hacia la colonia de los italianos, el monte de eucaliptus libera su sonido de agua.

Somnolientos, los perros dejan de ladrar.

La muerte en el campo. Las moscas se atarean sobre el cadáver mastodóntico de una vaca. Antes de que se vea la mole putrefacta mi caballo se espanta con el olor dulce de la descomposición. Enormemente se muere en la pampa. Hinco los talones en el animal que relincha, retrocede.

Hay vida en la muerte. Gusanos blanquecinos que se agitan y que esperaban, dentro del vientre de la vaca, el tiempo necesario para iniciar su trabajo, moscardones azabache que eligen un espacio para desovar. Los ojos de la vaca han perdido brillo y se salen de las órbitas, parecen pelotas de ping pong cubiertas por una media de seda. Tiene la lengua hinchada, el cuerpo como un globo, las patas tiesas, de cartón.

En el cielo las grandes rapaces enterradoras giran en círculos. Caranchos. Un chimango trajina con un trozo de algo que prefiero no ver, va dando saltitos triunfales sobre la hierba, otros lo persiguen con el sueño de arrancarle la presa. Espirales en el cielo, el vuelo límpido del halcón peregrino. Cuando la rapaz ve la presa, es capaz de lanzarse desde el cielo con la fuerza de una piedra. Paciente, la vaca muerta espera su destino, no se han previsto otros ritos funerarios. En unas semanas seguirá ahí, pero su piel estará pegada a los huesos y habrá perdido bullicio la muerte. Llegará, después del burbujeo, la calma hundida del esqueleto. Un espectáculo magnífico y repugnante a la vez.

La muerte es la principal proveedora de nutrientes para el suelo, lo alimentamos antes de partir, regresamos al inframundo como Odiseo, bajamos a los infiernos gracias a los descomponedores que lluevan su energía desbordante, calan la tierra encargados de deshacer, transportar, nutrir. Solo vemos lo que sucede arriba, pero gran parte de la actividad de la vida discurre bajo su superficie. Si acercamos el oído a la tierra oiremos el pulso del mundo, los hongos metabolizan desechos y cadáveres, se afanan sobre el animal muerto y también sobre el moho del pan, la naranja olvidada con su bosquecillo polvoriento, viajan por el mundo en forma de esporas transportadas por el aire. A partir de ellos todo crece, implacable, generación tras generación. Son los grandes recicladores. Dióxido de carbono, amoníaco, fósforo, nitrógeno y no sé cuántos ingredientes más quedarán disponibles para el entorno. Selectos «tentempiés» ávidos incluso de tejidos vivos, la piel de los pies sudorosos, la tiña, los seres minúsculos mastican con fruición vigas, uñas, cabello, pan, frutas, corteza. Sin hongos y bacterias seríamos puro desperdicio. Los seres humanos hemos descubierto que reciclar puede ser uno de nuestros caminos de salvación; los hongos lo saben desde hace cuatrocientos millones de años.

–Qué tontería proteger a las ballenas, dice mi padre, indiferente ante el animal muerto. ¿Para qué sirven? Lo que hay que proteger son las lombrices. Todo el humus que tiene el campo lo producen las lombrices.

«Humor», «humus», «humildad», «hombre». Palabras emparentadas. Un alfarero nos creó con barro.

Todo es regreso.

La vida en la muerte. Los estados intermedios. La energía de la destrucción, el regreso al origen. ¿Cuándo un cuerpo está definitivamente muerto? ¿Llega la calma? La vida es, también, una larga pregunta sobre nuestra desaparición. Locos de dolor, danzamos y gemimos en los inicios de la pérdida. Mientras tanto, la carne exhibe su propio final, germina y se deshace hasta convertirse en abono. Ni vivos, ni muertos, los seres intermedios producen espanto y literatura. Vampiros, zombis. Pero, cuando todo se calma, lo sucio se vuelve limpio, los deshechos renacen, el tiempo esculpe calaveras que ya no provocan miedo. Nadie tiembla ante un esqueleto, deja de ser aliento para el dolor o pasto para la magia y se convierte en una provocación para la filosofía. Y el buen Hamlet, con su calavera monda y lironda.

To be, or not to be.

Ser parte de un todo.

Pasa el verano llevando comida para los galgos de don Juan, acariciándoles la cabeza, llamándolos por su nombre, atentas a su goce, pero un día llegamos con nuestra carga de dones y no está la fiesta de ladridos, nos acercamos a su silencio y están acostados sobre la tierra polvorienta, parecen dormir, tienen todos un tiro en la cabeza, las cadenas que los sujetan son absurdas, dolorosas, están manchadas con sangre, nadie se ha ocupado de liberarlos, esta prisión en la muerte es una imagen atroz. Una escopeta apoyada contra un árbol.

Don Juan nos aclara con naturalidad: han matado una gallina. Lo miramos sollozando y le gritamos: ¡asesino! El viejo no comprende, son perros cebados, repite, volverán a matar, una gallina… No sabe cómo explicarse.

Una gallina se come. Un perro, no. Para él, los galgos son animales de trabajo, cazadores. Las pieles de las liebres se venden bien. Pero una gallina vale más.

Mundos que no se tocan.

Lo que se quiebra.

Renacer.

Los embriones tempranos de aves, caimanes, cerdos y humanos se parecen. Se parece, también, lo que se gesta en el vientre de una madre a la sombra de un helecho, nos desarrollamos a partir de un huevo, en algún momento tenemos branquias. La materia viva se replica, somos parientes de los peces. Quizá las flores nos llaman la atención porque rememoran nuestra época de insectos, nos relamemos y zumbamos frente al polen.

Me gusta pensarme así, en cadena.

Leo que, en Estados Unidos, hay quienes entregan el cadáver de un ser querido para el compostaje. Me llama la atención la noticia.

Polvo eres, en polvo te convertirás.

¿También se recicla la infancia? ¿A dónde se va? ¿Somos parte de un mismo árbol, copias de un tronco original? ¿Cómo permanecen en nosotros las ramas que nos cobijaron, los relatos que nos dieron sombra?

Mi padre tenía una forma curiosa de ver la vida, seria e irónica a la vez, culta y popular. No me gustaba preguntarle demasiadas cosas porque, enamorado de su propio discurso, para todo se iba a los orígenes, la explicación más sencilla podía convertirse en el cansino tomo de una enciclopedia. Sin embargo me costó desmontar algunas de sus historias, que durante años tomé por ciertas. Me contó, por ejemplo, que Álvar Núñez Cabeza de Vaca había sido el primer turista latinoamericano. Un día había salido a caminar y, paseando, se había topado con las cataratas del Iguazú que, en guaraní, quiere decir «agua grande». Ese río generoso da un salto sobre las piedras y el golpe enmaraña el paisaje borroneándolo con su espuma infinita. Las gotas en suspensión, el arcoíris eterno, el bramido del agua. Escuchando a mi padre, yo imaginaba al adelantado con su armadura, espada, mochila. Armas, y una cesta para un pícnic. Imaginaba a los tupíes-guaraníes, en ameno cortejo, acompañando al militar. Lo imaginaba a él, relajado o atónito, descubriendo la maravilla. ¿Fotografiándola, tal vez? Imaginaba que le decían «adelantado» porque era el primer turista. Ahora, cuando lo escribo, vuelvo a reírme.

Et in Arcadia ego.

Soñar con un espacio feliz. El jardín, sus muros que nos alejan del peligro, la utopía ecologista. Todo tiempo pasado fue mejor, basta con alejarse para encontrarnos. ¿Es que no nos llevamos puestos? Destrozamos la naturaleza para vivir y a la vez fantaseamos con volver a la madre tierra, que nos cobijará y nos hará felices. Ideas y conceptos que venimos repitiendo desde el inicio de los tiempos, tópicos que nos articulan. ¡Protección!, gemimos los humanos, cansados de bregar, ¡un poco de descanso! ¿Existe ese lugar de ensueño? ¿Dónde crece ese jardín?

Para los romanos, acosados y acosadores en los límites de su imperio, el sueño de la naturaleza domesticada era una fuente de la que fluían las fantasías más tranquilizadoras. El ocio y su negación, el negocio.

«Dichoso aquel que vive lejos de los negocios, como la antigua grey de los mortales»[6], sueños de una vida perfecta en la naturaleza que nos acompañan desde el Edén. Y «qué descansada vida», claro, si no tenemos que ordeñar o mirar el cielo para ver cómo llueve nuestro sustento. Si no tenemos amo que exija, ni patrón. Ni frío, ni calor, ni hambre. Ni la espalda doblada de tanto golpear la tierra. El sueño de la idealización poética. La sombra de los árboles, el agua de una fuente, las flores que tachonan la pradera; felicidad y sosiego.

«Del monte a la ladera», dice Fray Luis, «por mi mano plantado tengo un huerto, que con la primavera, de bella flor cubierto, ya muestra en esperanza el fruto cierto»[7]. Qué meditación tan soleada. Pero todo paraíso tiene su serpiente, el *locus amoenus,* en el que también Boccaccio escapaba de la peste. Fantaseamos con una huida que nunca se consuma, somos hijos del soñador Horacio, del *carpe diem.* El Marqués de Santillana y «benditos aquellos que con la açada sustentan sus vidas y biven

---

6. Horacio. *Epodos.*

7. Fray Luis de León. *Vida retirada.*

contentos»[8]. Dulces pastores enamorados de Garcilaso y, por fin, *beatus ille*, la pastora Marcela. Detrás, inteligente y burlona risa contagiosa de Cervantes.

Quien escribe recicla los recuerdos, se apropia de los restos, los revive, los corrige. Historias a punto de germinar que liberan su contenido y nutrientes, su peculiar nitrógeno, convirtiendo el pasado en materia orgánica. Como motor de estas fantasías también actúa la ciencia.

Me fascina cómo la ciencia se toma en serio a sí misma. ¿Qué sería de ella sin la imaginación? La generación espontánea, defendida por Aristóteles, Descartes o Newton, sus historias fabulosas son una cantera de relatos: Dios creó a Eva de una costilla de Adán, la carne se transforma en gusanos, de la vegetación descompuesta salen los insectos, de la ropa interior sucia nacen los ratones; las luciérnagas, del rocío centellante de la mañana. Los pájaros emergieron de las frutas, los patos de las conchas marinas y los abetos, expuestos a la sal marina, producen gansos. Bellas explicaciones que se llamaron ciencia y que hoy nos parecen imágenes surrealistas, metáforas, poemas, cuentos. La tierra fue plana durante muchísimos siglos, el continente más desconocido es el que habita entre nuestras dos orejas. Sospechamos que los animales no pueden reflexionar sobre su propia existencia, pero no lo sabemos a ciencia cierta, comparten con nosotros gran parte del genoma. ¿Quién puede decirnos que nuestros razonamientos no se alimentan de sueños pueriles? No podemos pensarnos desde fuera de nuestro propio pensamiento, y eso convierte nuestras ideas en tautologías. Sin

---

8. Marqués de Santillana. *Loa de los oficios serviles.*

embargo, cada época supone, con audacia, que sus verdades científicas son absolutas.

Paseo y divago, los pies agilizan la mente. En el vértigo horizontal de la pampa, la línea recta adquiere una potencia fundadora. ¿Por qué esta emoción?

«Hay una hora de la tarde en que la llanura parece decir algo o lo dice infinitamente, y nunca lo entendemos»[9].

Paseo golpeando con mis pies la costra del mundo, imagino lo que sucede debajo, doy presencia a lo minúsculo. Un tejido misterioso, una red, una resonancia infinita.

Somos el resultado de una trama de alianzas. Maurice Blanchot escribe: «Sí, felizmente el lenguaje es una cosa escrita, un trozo de corteza, un pedazo de piedra, un fragmento de arcilla en el que la tierra continúa existiendo».

Como otras formas de vida, la literatura sobrevive, conecta, coloniza. Las fibras de celulosa se convierten en papel, en libros y palabras inmortales. También las palabras abonan. ¿Es el intertexto, entonces, nuestra manera de reciclar la literatura? ¿De metabolizarla?

Un libro pertenece a otro libro.

Crecer. Esconderme de los adultos, alejarme de mi casa y sus conflictos, treparme a los aromos para leer, acarrear trincheras de libros, activar los mecanismos del desarme. Pensar y recomponer, habitar territorios misteriosos, estar incómoda. Es fértil el dolor, su oscura consistencia. Valoro la carencia como una forma de aprendizaje, la incomodidad. Plantas que se adhieren

---

9. Jorge Luis Borges. «El fin».

a la roca para tolerar el viento, una especie que evoluciona para sobrevivir y desarrolla estrategias increíbles, las patas que salen del mar y se arrastran por la tierra, unas alas que surgen para poder huir.

Quizá Darwin no solo descubrió las leyes de la selección natural, sino que abrió las puertas de una reflexión de otra índole: solo se evoluciona a partir de lo que nos falta.

Asumo mis carencias y desarrollo un optimismo testarudo.

Estaba también la ciudad inmensa, bellamente arbolada, un territorio plano de vientos sin barreras en el que alguien, considerado «jardinero mayor de la ciudad», inventó la sombra. Estoy sentada en una plaza de Buenos Aires bajo los brazos musculosos de un magnolio, paso de una idea a otra, me dejo llevar. El magnolio bajo el que di los primeros pasos, y luego aprendí a montar en bicicleta. Bajo el que me reunía con mis amigos en los remotos tiempos bobos del amor romántico.

El hombre que lo plantó sembraría más de ciento cincuenta mil árboles en la ciudad. Se trata de Charles Thays, convertido en Carlos con la emigración, nacido en París en 1849 y muerto en Buenos Aires. Un solo hombre cambió el paisaje, nos defendió del sol, sin él esta ciudad no sería esa ciudad que añoro.

Thays nos regaló el oxígeno. Abandonó la costumbre de plantar con un estilo europeo y utilizó también la flora autóctona cuyos nombres los conquistadores no sabrían deletrear. Diseñó parques y plazas, jardines para los ricos y zonas de esparcimiento para los que no lo eran. Dijo: «Es preferible vivir en una cabaña dentro de un bosque que en un palacio sin jardín».

Hay algo que añoro de Buenos Aires, ahora que vivo lejos: sus calles azules a finales de noviembre, los jacarandás. El yacara'na, nombre que viene del tupi brasileño. ¿Cómo es su plural? En España existen, pero en menor cantidad, despliegan su diferencia en el cambio de género y en el acento grave. Las jacarandas. Pero los jacarandás, o jacarandaes, son, para mí, árboles multitudinarios con acento agudo.

La memoria de las plantas, su aroma, su sonido. Atravieso la plaza finamente techada de azul violáceo, en unas semanas caerán las flores sobre el camino, pasarán de dosel a alfombra. El jacarandá, su milagro después de la lluvia, el leve agitarse, ramas y troncos gris oscuro, firmes como la nostalgia. Son la última exaltación de libertad, antes de entrar en el colegio.

Lo más agradable es el patio gigantesco, trenzado con una glicina; el edificio del colegio resulta más severo que elegante, tiene rejas en las ventanas. Como escribo bien, me eligen para que lleve un diario, es la primera vez que me hacen un encargo de este estilo, no soy una de las alumnas notables, no logro interesarme por nada que no sea la literatura y cultivo una indiferencia olímpica que me defiende de la rigidez y del aburrimiento.

Me siento especial con este primer encargo y me lanzo a redactar con furor. Escribo en un gran cuaderno con cantos dorados sobre lo que verdaderamente importa: el paso de las estaciones, la caída de las hojas, la asombrosa floración de los racimos. Pero cuando leen lo que he escrito, me arrancan el encargo.

Medio siglo más tarde sigo redactando abstraída, impasible ante las modas, y esos recuerdos oscuros son un arsenal gótico. Escribo sobre monjas que resucitan; en el edificio gigantesco, levantado a principios del siglo XX, escaleras y barandillas de vértigo, muchísimo frío. Cuando moría una de las hermanas, la velaban en la capilla. Yo no me asomaba al ataúd porque me daba miedo; luego, por los pasillos helados, reaparecía la difunta, o tal vez no era la misma. Pasé la infancia entre diablos y resucitadas.

En el patio principal jugaban las mayores, las pequeñas en el fondo, debajo de un palto cuya copa parecía tocar el cielo. Cada tanto, como aceitosas bombas verdes, las frutas maduras se lanzaban al vacío y explotaban sobre el pavimento para quedar allí desventradas, exhibiendo su semilla oscura. Son magdalenas de Proust esos frutos verdes y untuosos.

Pienso en las migraciones y las semillas, en cómo un árbol inmóvil atraviesa continentes. La ligereza bailarina del vilano, la migración del pájaro que ha picoteado la tierra y defeca simiente, las vainas que explotan sobre la tierra, la semilla de ipomea, que utiliza el tren y va llenando las vías de campanitas azules.

La semilla del palto parece un huevo de Fabergé. ¿Cuál es su medio de locomoción? ¿Qué animal podría tragársela y transportarla? ¿Cuál permitiría que semejante bola atravesase su tracto digestivo para sembrarse lejos del lugar donde se devoró? No existe ningún herbívoro capaz de semejante proeza, pero hace trece mil años los había a montones. El gliptodonte, por ejemplo, o el megaterio, un perezoso con las dimensiones de un elefante. En realidad fue el jaguar, con sus fauces dilatadas, quien le salvó la vida hasta que llegó otro distribuidor de simiente: el ser humano. De modo que el palto viajó y tiene varios nombres: se llamó aguacate, del náhuatl, «testículo», a los que formalmente se asemeja, y también *avocato*, porque en Italia, por su alto precio, solo lo podían comer los abogados. Nosotros lo llamamos palta, que es una voz quechua. Sea cual sea su nombre, el fruto termina asociándose con los humanos, pero aliarse con ellos es firmar un pacto con el diablo, la industria alimentaria está en el camino de privarlo de su hueso, y será ella quien decida dónde, cuándo y cómo debe reproducirse. Pobre palta, me digo, mientras espero que estalle sobre mi cabeza: entre nuestras fauces está en riesgo de desaparecer.

También el primer amor tuvo un escenario agreste, atarde-
ceres rojos y un verano perpetuo.

Paseo con él por el cañadón, quiere ser ornitólogo y me inicia
en las costumbres de los pájaros. Los cuervillos de cañada, los
pájaros de la laguna, los flamencos y un zorrino que intenta
atrapar y que lo aroma a pis. Pertenece a una familia grande, en
el estilo Durrell, su hermana es mi amiga y seguiremos siéndolo
hasta hoy. Animales por todos lados, un pingüino que un día
me sorprende dentro de la ducha, culebras, peces luchadores de
espléndidas colas, un puercoespín trepador que suelta sus púas
y con el que compartimos cama.

Es un amor soleado, reparador, de pacíficas esperanzas. Es
también pleno, total. Veraneamos en el campo y él se dedica
a anillar patos. Los anillos tienen como objetivo estudiar las
migraciones y dicen: «Devuélvase al museo de Ciencias Naturales», quien los recupera da cuenta del recorrido del animal.
Escondidos entre los juncos los apresamos, los anillamos, los
volvemos a soltar. Estudia sus migraciones, y yo no sé, todavía,
que ese destino va a ser el mío. Él es dulce y pacífico, mucho
más interesante que la gente que me rodea. Dibuja, fotografía,
yo admiro todo lo que hace. Un día me presenta a un amigo
inglés, también ornitólogo. ¿Qué vas a ser de mayor?, me pregunta. Mientras fantaseo, él ya está diciendo: «Yo seré escritor».
Me deslumbra con su certeza.

Estaremos juntos casi diez años. Un día, riéndose un poco,
me dirá: cuando nos casemos, voy a darte un anillo que diga,
en lugar de «Devuélvase al Museo de Ciencias Naturales»,
«Devuélvanmela a mí». Lo miro con espanto.

No nos casaremos, tendré otras parejas, pero lo recordaré
siempre. Nunca me pondré una alianza.

Tiempo de estudios y de hierro. De placer y de dolor. De ser jóvenes mientras en el Sur se armaban los bárbaros y sus dictaduras. Conocer, conocernos. Atravesar América en un coche desvencijado, crear tejidos de amistad que se mantendrían siempre.

América casi virgen, dolorosa y magnífica, la naturaleza en su esplendor. Tan jóvenes antes de que viniera el espanto, tan idealistas. Viajábamos buscando algo, una «la realidad» que se encontraba siempre un poco más lejos, no éramos turistas sino peregrinos, viajeros.

Crucé desde Buenos Aires y llegué hasta Lima, subiendo por Chile en estado de sitio, los Andes, el desierto, el mar. En la frontera, además de la nieve y las montañas gigantescas, dimos con un hombre que huía de Pinochet a pie. Era una profecía. Un joven viejo, como lo seríamos pronto nosotros. Estado de sitio, peligro, represión. Siempre recuerdo esta escena cuando releo *Estrella distante*, de Roberto Bolaño. Ese era el clima. Y tantas ganas de vivir.

Dormí en la estación de trenes en Machu Picchu, deslumbrada por la belleza, vi fluir el Urubamba, lavé los platos en el Pacífico, atravesé el desierto en noches estrelladas para que no nos taladrara el sol. Pasé casi una semana en Antofagasta, junto al mar, protegida por los acantilados de color rosa, viendo a los cóndores volar sobre mi cabeza; regresé con un amor tumultuoso que desaparecería poco más tarde. La represión se cebó también con nuestro país.

¿Dónde estará su hermoso cuerpo, su cuerpo torturado? ¿Bajo las aguas del río? ¿Lo lanzaron desnudo, para que nadie lo pudiera reconocer? ¿Quién lo acompañó en su viaje? ¿Un crepúsculo de papel picado brillando sobre el agua?

Quizá, allí en el fondo, su cuerpo levanta nubes de arcilla dorada y se adormece sobre el limo.

Viajamos y nos amamos en autobuses desvencijados, de Buenos Aires a Santiago, de Santiago a Lima, de Lima a Bolivia, cruzamos ríos que nos arrastraron, caminos sin asfaltar. Sorteamos precipicios con un conductor borracho, carretas inconcebibles. Imagino muchas veces su cuerpo joven amortajado por las algas, lo sueño.

Pero de todo esto no quiero hablar.

Las inundaciones borraron los caminos y el campo se perdió por la avaricia, el abandono de la responsabilidad pública, el cultivo descerebrado de la soja. Se perdió el tren de madera que llegaba hasta allí, las tropillas de caballos que golpeaban la tierra, las manadas de avestruces. Se perdió ese clamor del cielo en primavera, los años y su gente. Se perdió la infancia, que siempre se pierde. Se perdió el amor.

Se perdió mi generación.

Lo puedo decir con pocas palabras: viví una dictadura y me tuve que exiliar.

Y el Sur se hizo Norte.

Gracias al destierro conocimos la tierra.

María ZAMBRANO, *La tumba de Antígona*

NORTE

Ni la luna, ni las estaciones, ni el olor. Ni el color de los árboles, ni su sombra. Ni el idioma, los afectos, el cielo, los pájaros. Ni la casa, ni la comida, los enseres. Ni el humor, ni las caricias, ni los libros. Ni el crepúsculo, ni la línea del horizonte, ni el pelo de los caballos. Ni la lista de la compra, ni las canciones, ni los códigos secretos. Ni los amigos, ni los vecinos, ni el amor. Ni los refranes, ni las canciones, ni los juegos de los niños en las plazas. Ni las plazas, ni los colores, ni las estatuas.

Todo se perdió, cuando le di la vuelta al mundo.

Sin embargo, la vida sigue, se impone acumulando esqueletos, restos de animales y vegetales, memoria.

Tira de mí.

¿Por dónde podría empezar? ¿En el principio era un árbol? No sería un jacarandá. Ni un aguaribay. Ni un ombú. Una encina, tal vez.

En el principio fue una encina.

Vivo en Madrid en una pensión para mujeres en la calle Fuencarral donde solo hay un hombre. Le preparan el desayuno, le hacen la cama. A nosotras no. En el mercado ellos se saltan la cola y se acercan por un lateral. Yo espero porque no sé pedir la vez. Alcachofas, albaricoques, judías, no ya alcauciles, damascos, chauchas. La pensión es en blanco y negro, sucia y triste. Un pasillo infinito con un teléfono al fondo en el que siempre hay alguien susurrando. La cocina compartida, mugrienta. Un solo baño. Cada vez que me ducho sube el vecino de abajo a quejarse de que le llueve el techo.

Me cambio a una casa minúscula a la que va llegando la gente del exilio, somos seis en treinta metros, da igual. Una buhardilla en la calle de San Marcos sin ventanas a la calle. En Chueca las prostitutas se cruzan con los bastones de los ciegos. Por las noches, llueve, pero no es lluvia, descubro más tarde, es que aquí las calles se lavan.

Estudio un plano del metro con nombres que no me cuentan nada. Hay una zona verde, un poco alejada y me digo: voy a vivir acá. En el laberinto de las estaciones, esa mancha vegetal es Casa de Campo, sueño con leer bajo esos árboles. La casa tiene muebles tristes. Aunque ya estamos en democracia, la dueña guarda en un cajón discos con marchas fascistas y fotos del Tercer Reich. Un crucifijo en la puerta. Bajo con mi libro y se arremolinan los hombres solitarios que deambulan entre los árboles, parezco un cebo. Desde el balcón veo el milagro de la nieve en las montañas.

Paso las fiestas sola y devoro un chocolate contundente, bebo una botella entera de vino aunque soy casi abstemia. Un intento de suicidio poco convincente, nada sublime, me digo, mientras mi yo risueño se burla de mí. Por suerte sé desdoblarme: la que sufre, la que minimiza el sufrimiento. La vida sentimental se ha disuelto en una serie de uniones que no me dicen nada. Me ordeno. Me desordeno. Estoy triste. Me anestesio. Quiero vivir.

Qué ciudad tan gris. Ni plazas con jacarandás, ni solares abandonados. Ni zonas intermedias, ni avenidas desmesuradas. Madrid, con sus callecitas angostas y edificios antiguos, parece un pueblo. Ninguna naturaleza puja por crecer, las lluvias son apenas el recuerdo de otras lluvias. Todo es acotado y compacto, el espacio vale una fortuna. Uso El Retiro como un jardín privado, salgo a veces para alejarme de la ciudad. Las montañas y el campo están cerca y los suburbios se pliegan, se entretejen con los sembrados, se deslían en barrios con ovejas.

Se tarda mucho en comprender nuevos espacios, años en dejar de cotejar.

Ahora, en este mundo que ha girado, del Norte viene el frío y en el Sur no hay glaciares. «Cielo empedrado, suelo mojado», «Hasta el cuarenta de mayo no te quites el sayo». «Marzo ventoso y abril lluvioso hacen a mayo florido y hermoso». Cumplir años en primavera, no en otoño. «Año de nieves, año de bienes». Desde el balcón veo la luna que crece y decrece en sentido inverso. No entiendo los refranes. ¿Dónde está mi Cruz del Sur?

El jazmín del cabo es una gardenia, el jazmín del cielo, plumbago. El falso laurel, una adelfa. Han desaparecido el palo borracho, las achiras, el lapacho. Confundo el roble con la encina, los olivos no me dicen nada. Arbolitos achaparrados, de añosos troncos retorcidos y un verde modesto, hojitas que se repliegan. Cuánto se tarda en amar las diferencias.

En un principio había pensado en permanecer seis meses fuera, y regresar cuando la violencia amainara. Me llega un mensaje: «Te han venido a buscar, la casa está destrozada». Por unas horas he salvado la vida, pero la frontera se ha cerrado.

Quedar en pausa, suspendida.

Morir en una vida, nacer en otra.

Como no tengo lugar para más, compro un bulbo y lo aposento sobre mi mesa, observo su vientre de embarazada, su función de despensa, reserva, multiplicación. Estudio su relación con la tierra, con sus raíces. Y las mías.

Soy una desarraigada.

Y pasarán los años.

Baudelaire sale a caminar por París e inaugura el *spleen*, ese sentimiento del que pasea, no entre los árboles, sino entre desconocidos. Perderse, dirigir la vista hacia donde nadie la dirige, disolver y rearmar. Estar lejos de casa, y a la vez sentirse cerca. Como un bosque se despliega la gran ciudad.

«Multitude, solitude»[10].

Camino por Madrid, no hay bares donde leer, se habla a los gritos, en las tascas se tiran los restos de las tapas al suelo. Todo es diferente para mí, un poco agresivo. Huele a aceite. En el patio de vecinos se oye tenedores batiendo huevo contra la loza.

Walter Benjamin, el gran caminador, acude al asfalto a «hacer botánica», contempla el panorama de la bella arquitectura y el bullicio. Una «mirada distraída» que organiza de otra manera el entorno, lo estrena[11].

Pensamos que «salir a pasear» es casi connatural al ser humano, pero no es así, una cosa es caminar de un punto a otro, con un objetivo claro; otra, muy distinta, pasear.

Salir a pasear es algo que hacemos desde hace poco tiempo, a nadie se le ocurría pasear por el espacio exterior antes del siglo XVIII, el pavimento, la seguridad o la higiene no lo permitían.

10. «Multitud, soledad».

11. Walter Benjamin. *El París de Baudelaire*.

Se paseaba, claro que sí, dentro de las pautas del jardín o bajo los soportales del patio, era una posibilidad exclusiva para una clase social.

Tampoco el paseo es lo mismo para hombres que para mujeres, hay espacios peligrosos donde ellas no pueden entrar. La deshonra de una mujer no acompañada, que corría el riesgo de confundirse con las que «hacen la calle». O sea que pasear no es lo mismo para los blancos que para los negros, para los pobres que para los ricos; la vieja idea de que hablar con objetividad es hablar desde ningún lugar es un delirio, los universales son falsos. Cambiar de país, pienso, es apearse de las generalizaciones, matizar.

Poco a poco empiezo a enamorarme del Madrid antiguo, sus callejuelas, su pasado. Entre los desconchones de las paredes y las trazas de la guerra descubro minuciosos jardines de sombra. El jardín de la casa de Lope de Vega, donde releo *Fuenteovejuna*. Esta es la descripción de su antiguo dueño:

«Que mi jardín, más breve que cometa/ tiene solo dos árboles, diez flores/ Aquí son dos muchachos ruiseñores/ y dos calderos de agua forman fuente/ por dos piedras o conchas de colores»[12].

Trasplantarse. De alguna manera, arraigar. Dar forma a lo que crece, situarlo. Ni setos bien cortados, ni confusos laberintos. Podría proponer un juego: si fuera un jardín, ¿qué jardín sería? ¿Silvestre o formal? ¿Romántico? ¿Dejaría todo a la vista o habría zonas ocultas?

Hay un estilo de jardín residual que verdea en terrenos sin cultivar, baldíos o zonas de acceso intrincado y que es un re-

---

12. Lope de Vega. *La Filomena*.

fugio. Se genera por su propio dinamismo, sin que lo planten, sin límites ni categorías definidas y modifica la zona de manera inesperada y sorprendente. Es la expresión de una gran cantidad de ecosistemas imbricados y con su energía que fluye niega el control, reconquista el espacio. Un jardín móvil donde toda pauta se pone en cuestión. Se agita por dentro; suelo y tiempo son la base de su diseño. A este jardín resistente se lo llama «Tercer paisaje»[13]. Un recorte, un fragmento, un refugio. Sus lindes indecisas son las zonas más fecundas. Une territorios, es cruce, mestizaje, un nuevo espacio de comunicación.

Así me siento yo.

¿Hay, también, un tercer paisaje para el extranjero?

No es el momento, ni el lugar adecuado, ni la casa adecuada, ni la pareja adecuada. No tengo con qué mantenerla, ni quien me ayude. No tengo nada, pero sí una felicidad loca ante el nacimiento de mi hija. Así, precarios y en tierra extraña, nacieron los niños del exilio. ¿Por qué la literatura prestigia la muerte antes que la vida? ¿Por qué se consideran heroicas las batallas, y no los partos?

Yo espero y confío, respondo a la muerte con la vida.

Le canto a la creación.

Me hincho, germino, florezco. Todo se convierte en vegetal. Sueño con selvas que se multiplican sobre mi cuaderno. Escribo sin plan ni propósito. Puja la vida, poderosa.

Retorcerme, gritar, controlar el mundo respirando. Rechazo toda medicación, no mitigaré el dolor. ¿Dolor? No lo definiría así. Jadear como una bestia, disolverme y ser solo un cuerpo.

---

13. Gilles Clément. *Manifiesto del Tercer paisaje.*

Miedo y placer a la vez. Más que dolor, esfuerzo. Parir fue magnífico y brutal.

Cuando la criatura asoma su preciosa carita le digo a la matrona: quiero otra más.

Ahora.

Soy una diosa dadora de vida, una mujer agotada.

La niña repta sobre mí y me estudia, hoza el aire, exige alimento. Nos miramos por primera vez.

Nadie nos viene a visitar a la clínica. Estamos solas.

Madre y madera. Madre, madera, materia. En latín *matrix* significa «hembra preñada» y, de manera más amplia, un tronco que retoña. Matriz y matrícula. La matrícula es un origen a la vez que una yema, un registro. «Tocar madera» atrae la buena suerte.

El fruto germinal de las etimologías, las historias que nos cuentan.

«Natura» procede de la palabra egipcia NTR y quiere decir Dios. No sé rezar, pero venero a una diosa doméstica en esta noche de invierno. Imagino mi propio Génesis. ¿Y si el principio generador hubiese sido una mujer? Parece más lógico. La imagino preparando mermeladas con los frutos del árbol del bien y del mal. Negociando con Caín y Abel. Encendemos la estufa. Hogar y hoguera.

En círculo, alrededor de la hoguera, surgió la ética del diálogo, en ese entorno protegido y cálido aprendimos a contar. Somos historias.

Crepitan ardientes las palabras en el fuego.

Desgarrarse y volverse a armar, elegir y prescindir, recuperar lo perdido. Atrapar «lo que brilla por su ausencia». Negociar con el silencio, compartir una mirada y despejar un claro en la memoria.

Escribo y lleno cuadernos que voy perdiendo.

Kafka escribió: «Un libro debe ser un hacha que rompa el mar helado que llevamos dentro»[14]. Era un hombre de una minoría, redactaba en alemán, una lengua que solo hablaba el diez por ciento de los checos, era judío y estaba enfermo. Tenía serios problemas con las mujeres y sus hermanas perecieron en el Holocausto. En toda su obra late el sentimiento de exclusión desolada, el desarraigo, pero también el deseo de volar.

Como un diamante, la esperanza.

Leo *Si pudiera ser un indio*, una celebración al mero hecho de vivir prescindiendo de toda atadura, en diálogo con el paisaje. Si algún día escribo algo sobre la naturaleza, pondré ese texto como epígrafe.

Recuerdo la vida de Kafka. ¿De qué me quejo?

No fue fácil hacer amigos en Madrid. Aunque los madrileños dicen que son hospitalarios, esa no fue mi experiencia. Depende de las puertas que se abran, de la casualidad: los primeros años fueron duros. Sentir que no les hacíamos falta, que éramos eventuales. Esta experiencia te cambia, te enseña a pensar.

Hace tres años que he llegado cuando tengo un primer amigo que me hace dos regalos: el primero es el gusto por las encinas, el segundo, la propuesta de dictar un curso. Mi hija apenas tiene nueve meses cuando damos un taller de escritura en el campo y la llevo conmigo, nacerá casi con este oficio que con los años será también el suyo. Pudimos ser carpinteras, o zapateras, o planchadoras, pero somos artesanas de las palabras.

---

14. Franz Kafka. «Carta a Oskar Pallak».

No tenemos raíces pero este oficio, la literatura, fue también el de muchos miembros de mi familia. Es un equipaje fácil de transportar.

Los talleres y su diálogo constante.

Enseñar como quien pasea, como quien siembra. Ganar amigos en el camino.

Cuarenta años más tarde Toni y yo seguimos encontrándonos, creo que él no comprende del todo su importancia en mi vida. Lo llamo y le pido que comente estas páginas.

¿Y si cada vida fuera un paisaje? ¿Si fuéramos llanos, selvas, médanos? Hay un término que define lo que comienzo a entender, lo que, en algún momento, representará la vida que me ha tocado: tierras escarpadas, pendientes, bancales y terrazas labradas hasta la extenuación, paredes de piedra que exhiben hermosas esculturas de esfuerzo. A este tipo de cultivos se los llama «agricultura heroica». Encuentro esta definición que, de alguna manera, me representa. ¿Qué se puede plantar, cuando tu tierra ha desaparecido?

Conozco nuevos territorios, nuevas formas de labrar. No es un continente joven como aquel en el que nací, sino un territorio devastado por miles de generaciones y arados. Cultivos en terraza, viñas nudosas, dehesas.

Empiezo a comprender el paisaje.

Dehesa: de «defensa», cultivo que nace durante la reconquista para proteger a los rebaños o, quizá, para ver con más claridad a quien se acercaba. Es un bosque aclarado de abundante biodiversidad, formado por encinas o alcornoques, pastizales, fresnos, jaras, retamas, bellotas que caen de las encinas para ser devoradas por los cerdos que crecen en libertad. Me digo que las dehesas son una de las mejores muestras de colaboración equilibrada entre la naturaleza y el ser humano, su utilidad inteligente y múltiple, la memoria retorcida de los alcornoques, su paciente servidumbre.

Raíces.
Deleuze y Guattari querían escribir un libro rizoma, en el que todas las partes estuvieran interconectadas y en el que no se supiera con exactitud dónde acababa un escrito y comenzaba otro, una estructura fluida y no jerárquica, una malla de significaciones en red. Imagino las raíces de los cipreses, con un centro definido, pivotantes, inamovibles, atornillándose; las raíces de las hiedras, o radicantes[15], que subsisten apoyadas en superficies diversas. El bulbo embarazado que tenía en mi primera casa de Madrid. ¿Qué raíces me representan? Me decanto por las epífitas o aéreas, que no necesitan un origen en tierra y solo se posan en algo que se puede perder: un árbol, una patria.

«El exilio como identidad. La extranjería como patria. Sin sujetarme a la tierra, como el clavel del aire, enraizar»[16].

Perder pie, cambiar de cielo.

Moverse una vez es moverse para siempre, asumir la velocidad de las cosas, lo que se nos deshace en las manos, perforar un butrón en la realidad, intentar responder a las preguntas sobre lo que se ha perdido. Hay una relación entre esta mirada y la observación de un bosque, aparentemente estático y repetitivo. Ser extranjero es como vivir en un espacio en el que se deben interpretar todas las señales, en donde siempre se debe estar alerta.

15. Nicolás Bourriaud. *Radicantes.*
16. Clara Obligado. *Una casa lejos de casa.*

La escritora argelina Malika Mokeddem y *Los hombres que caminan*, su historia. Mokeddem estudió medicina en Francia y, ante el avance del integrismo en su país, eligió una tercera vía, ni argelina, ni francesa, para adoptar el pasado nómade de sus ancestros. Así desarrolla una identidad sin asidero, fluida y mestiza, trans, no estatuaria, proteica, maleable, que exhibe la tensión entre el anhelo de echar raíces y el ansia de volar, entre el sentimiento de pertenencia y el principio de individuación, entre ser fiel a sí misma, o encajar en los moldes establecidos. Mientras la leo, repito que los defensores de las raíces inamovibles olvidan que los seres humanos no somos anclas.

Soltar amarras. Perder el miedo. Enraizar en el planeta. Dejarse llevar por el viento. Germinar.

Crecí en Buenos Aires entre españoles que no modificaban sus costumbres, vivo en España entre argentinos que se niegan a cambiar. Un español atónito escucha cómo le dicen «latino», un latinoamericano soporta de mala gana el apelativo «sudaca». Atravesar una frontera es cambiar para siempre y esa verdad solo será palpable años más tarde; el emigrado es el más proustiano de los seres, siempre en busca de «un tiempo perdido». Hay también otras fronteras: de género, de clase, de pequeña geografía urbana, calles peligrosas que las mujeres no podemos atravesar. El simple desplazamiento del pueblo a la gran ciudad, las «emigraciones», a veces tan costosas, dentro del propio país, un cambio de casa. De alguna manera, a todos nos arrancan. Apunto en mi cuaderno: escribir es arraigar en el aire.

«Exótico», según la RAE: «extranjero o procedente de un país o lugar lejano y percibido como muy distinto en el propio». 2. adj. «Extraño, chocante, extravagante».

Elijo mi propia definición: Exótico: lo que no soy yo. Aquello en lo que me he convertido. Los españoles, para mí.

También, según la RAE, soy una «especie exótica», es decir: «Especie o subespecie que sobrevive o se reproduce fuera de su área de distribución natural».

El mercado se llena de productos «exóticos»: raviolis, que un vendedor propone freír porque piensa que son empanadillas. Papayas, aguacates, piñas, chirimoyas. Los alimentos inauguran sabores y perspectivas, nos cambian por dentro.

Intento sacar el pasaporte de mi hija pero no me lo dan. Ha nacido aquí, pero no tiene padres españoles. Más que exótica, es apátrida.

En el pinar los troncos interminables tejen arcos góticos y entre sus columnas oscuras juntamos piñas para encender la chimenea. Se levanta el aire y los pinos empiezan a bailar, sisean una música de agua que en la zona llaman «marejadilla». Dicen que los árboles no se mueven, pero estos pinos bailan y se comban hacia la tierra, sus agujas se estremecen, los piñones caen para entregarse al viento, se reproducen lejos. Las raíces de los pinos los mantienen en el lugar donde han nacido. Sin embargo, han colonizado la tierra, se asientan en los lugares más inhóspitos con un vigor descomunal. El pino silvestre, la rectitud de su tronco infinito, su destino viajero de mástil.

No hay civilización sin árboles. Cuando enciendo la chimenea, las lenguas de las piñas son regalos de fuego.

Está anocheciendo y veo una humareda. En el centro, un puño brillante. A lo largo de todo el día, después del humo negro, el cielo se pondrá del color del cobre. Incendio en el bosque: un viaje instantáneo del paraíso al infierno.

Mi sobrino, que es físico, me escribe una carta hablándome de los árboles y de sus virtudes:

«El primer problema que tuvieron fue pasar de organismos unicelulares a estructuras más grandes porque, al crecer, se volvían inestables. Para ello desarrollaron órganos especializados, raíces o troncos, tenían que optimizar la absorción de energía del sol y dióxido de carbono de la atmósfera, eso es muy difícil de resolver sin que el árbol termine siendo inviablemente pesado. La absorción de luz depende de la superficie expuesta al sol, y el peso, del volumen del árbol. La idea es fantástica: las hojas distribuidas en un patrón fractal, aumenta la superficie sin modificar el volumen. Esta solución les genera otro problema: resistir al viento, ya que la fuerza de arrastre crece con la superficie expuesta. Y consiguen otra solución perfecta: las ramas son flexibles. Pero la interacción con la atmósfera va más allá de un problema energético. Los árboles presentan formas aerodinámicas complejísimas según las funciones que busquen cumplir. Por ejemplo, los caducifolios pierden el follaje porque mantenerlo con las pocas horas de sol en invierno no es viable. Pero las hojas están hechas en forma tal que aumentan la fuerza de arrastre. Incluso, en muchos casos, están diseñadas para caer en forma helicoidal, asegurándose que anidarán cerca del árbol y mantendrán los nutrientes. En resumen, los árboles hacen todo bien».

Es verdad: un árbol es una cátedra desde la que se puede explicar el mundo.

¿Con qué palabra puedo decir, cada verano: «me despierto todas las mañanas preocupada por los incendios»? ¿Lo que no tiene nombre no existe?

Las etimologías nos acercan a lo que fuimos, lo que nos dijimos cuando las cosas eran de otra manera. Los neologismos, en cambio, nos asoman a lo que tenemos que decir, nos ayudan a inventarnos. No hay un léxico para los desastres ecológicos, la angustia que nos provocan no tiene palabras. Leo a Glenn Albrecht y encuentro los siguientes términos:

Antropoceno: acuñado por los geólogos para caracterizar la era dominada por los humanos.

Capitaloceno: condición del planeta a partir de conceptos como colonialismo, industrialización, globalización, racismo, patriarcado. Lugar desde el que podemos escribir nuestro futuro como especie.

Solastalgia: del latín, *solacium*, comodidad, y *algos*, dolor. Angustia que genera el cambio climático. Sentir que tu hogar se derrumba ante ti.

Simbioceno: idea de que podemos integrarnos con el resto de lo que está vivo, entender que la vida está interconectada, desde lo que vive en nuestro intestino hasta los enormes ecosistemas. Amor por la vida y la naturaleza.

Mermerosidad: pena anticipada que se puede sentir por las especies que van a extinguirse.

Se impongan o no, estos neologismos muestran la necesidad de palabras que nos permitan compartir lo que nos pasa, que nos ayuden a reconocer y pensar la situación.

Poner nombre es, también, una estrategia de supervivencia.

Y sin embargo, ni siquiera el fuego termina con la marcha empecinada de la naturaleza.

Chernóbil.

Los efectos tan devastadores de los que, pasados más de treinta años, apenas conocemos las consecuencias. Y el milagro de las plantas que hallaron el modo de adaptarse a condiciones aparentemente imposibles.

En Chernóbil la ausencia del hombre ha creado una reserva natural y los animales han regresado; hasta los osos pardos, que llevaban más de un siglo desaparecidos. Las plantas mutaron del rojo inicial del desastre a un verde entusiasta; hay chopos en los tejados, abedules en las terrazas; en el asfalto, resquebrajado por los arbustos, las avenidas parecen un río verde. También es cierto que el material radiactivo que retuvo la vegetación se encuentra en su interior. ¿Qué ocurriría si un incendio arrasara esos bosques?

Dentro de nosotros arde la tragedia, el dolor. Los bosques inmemoriales.

En los bosques viven también los personajes de los cuentos de hadas. Allí los abandonan sus padres, allí superan una prueba, de allí resurgen valientes y cambiados, dispuestos a conquistar un reino. El bosque es, para ellos, el símbolo de la vida, como lo es, también, para Edipo quien, rechazado por su padre, encuentra en el bosque una nueva familia. Esta maraña vegetal es el lugar de la prueba, el territorio que nos enviste de valor o en el que nos devora el lobo.

En la cabaña del bosque se refugió Blancanieves de la envidia de su madrastra, en el bosque estaba la casita de azúcar y bizcocho de la bruja de Hansel y Gretel. Lugar del horror, pero también de la fertilidad, la fronda es un espacio donde permanecer ocultos y subsistir, o donde vivir aventuras inesperadas, donde es posible alimentarse, pero también fenecer.

Después del jardín del Edén y su potencia generadora, está en nuestra memoria ancestral la oscuridad del bosque. Alguna vez nos cobijamos allí, en ese laberinto de árboles en el que los niños perdidos que somos tienen que encontrar la salida. El bosque es el lugar del mito y también de la filosofía.

«Me resulta bastante misterioso que los bosques nunca hayan sido para mí un elemento estático. En términos físicos, yo me muevo a través de ellos pero, en términos metafísicos, ellos son los que parecen moverse a través de mí»[17].

Como las columnas de un templo o los árboles del bosque, lo que asciende produce tensión espiritual, su verticalidad nos eleva mientras que lo horizontal nos acerca a la muerte. Tensión, silencios, atmósferas, pasillos, el siseo de las hojas, su aroma persistente, la vida que bulle en los árboles y bajo ellos; bajo los árboles nos volvemos contemplativos, elevándonos hacia algo que llamaremos «sagrado».

Baudelaire poetizó esta imagen en *Correspondencias,* esa piedra fundacional del simbolismo. «La naturaleza es un templo donde pilares vivientes dejan salir, a veces, palabras confusas, el hombre camina entre bosques de símbolos que lo observan con mirada familiar». Traduzco atrapando la definición, rompiendo el verso[18].

La literatura está sembrada con estas imágenes que comprendemos intuitivamente: subir es siempre lograr algo, bajar es ser rechazado. Se sube al trono, se baja a la mazmorra, hay un ascenso a la fama, y descenso a los infiernos. Anábasis y catábasis. El camino *ad inferos,* ese paseo por el submundo que ya encontramos en la *Odisea* y del que la *Divina comedia* es el trayecto culminante. Y susurra Rimbaud: Una temporada en el infierno.

---

17. John Fowles. *El árbol.*

18. «La Nature est un temple où de vivants piliers / Laissent parfois sortir de confuses paroles; / L'homme y passe à travers des forêts de symboles / Qui l'observent avec des regards familiers». Charles Baudelaire. *Les fleurs du mal.*

Cuando escribo no me hace falta explicar, basta con elegir un espacio que contenga la idea; arriba o abajo, libertad o encierro, el lugar es parte de la historia, algo resuena en nuestro interior. ¿Qué sería de *Cumbres borrascosas* sin su paisaje?

Tal vez las columnas de un templo son el remedo de un bosque.

Con mis dos pequeñas alquilo una casa en un pueblito que es un milagro: montañas, un lago, el río, corrientes cristalinas, bosques y edificaciones de piedra tan cerca de Madrid. Los viernes, en cuanto salgo del trabajo, recogemos a las niñas y el autobús nos lleva hasta la Sierra Pobre. La casa es minúscula y no tiene jardín, hace un frío tremendo en invierno. Huertos y frutales entreverados con casas, vacas por las calles, un mundo antiguo dentro de otro mundo que no llega a ser moderno. A veces se acerca un teatro ambulante, un cine improvisa una pla-tea pautando el espacio con unas sábanas. A veces, también, en los cruces de las callejuelas, suena la trompeta de la pregonera que anuncia las novedades, su estridente vagido se funde con las tardes adornadas de pájaros.

Si hace calor, bajamos al río. Sobre una cama de piedra nos tendemos por turnos, el agua, veloz, acuchilla y bautiza. El pa-raje es hermoso y áspero, minúsculo y grandioso a la vez. No sé nombrar las plantas ni los pájaros, soy una analfabeta del paisaje. En los charcos atrapamos renacuajos para que las niñas vean su crecimiento anfibio, los ojos como periscopios, cuando aparecen las extremidades los devolvemos al río. Aunque les lanzamos ensalmos, ningún sapo se convierte en príncipe.

Enseñarles cómo la vida nace. Contar historias, intentar transmitir.

Damos paseos larguísimos en torno a un lago parpadeante y marrón, no tenemos coche, todo se hace a pie. Le pido a mi vecina que se ocupe un rato de la pequeña y por las tardes puedo por fin escribir. La lleva a pastorear las vacas y la casa se puebla de palabras nuevas. Las mías, en el papel, las de mi hija, que describe una naturaleza que desconozco. Cuando las veo alejarse de la mano, detrás de los animales, comprendo que mis hijas son ya parte de otro mundo. Un día el agua desaparece. Resquebrajada, la tierra exhibe troncos pulidos, restos de un pueblo sumergido que estuvo ahí. Fantasmas.

No comprendo qué es lo que pasa hasta que alguien me lo explica. La pertinaz sequía de la posguerra. Franco y los pantanos. Hay cosas que se borran de la vista, pero no de la memoria. Hablo con la gente, me cuenta historias de familias desplazadas. En algún pueblo, me dicen, se han ahogado hasta los muertos.

Lo que no se dice, ni se toca, ni se menciona.

He llegado a un país que anega el pasado.

Tanto frío.

En uno de esos veranos necesité dinero y me pareció una buena idea presentarme a un concurso de cartas de amor con un texto sobre una mosca, una despedida, más bien, porque los palmetazos suelen ser definitivos. Lo gané, y como una de las condiciones del premio consistía en ir a retirarlo, me acerqué al pueblo de la Mancha que lo había convocado. Calor y playeras. Una línea recta en el horizonte, nostálgica, como en la pampa.

Esperaba una ceremonia sencilla, pero me encontré con un salón abarrotado de público y cámaras de televisión, un podio con flores, mi carta en la mano y la amenaza del ridículo más estrepitoso. Los finalistas resultaron ser un militar retirado y una señora peinada de peluquería que desapareció en el baño para resurgir vestida de gala. Brillos. Paso marcial. Gesto torvo.

Desde años atrás, los finalistas se cruzaban por los caminos y blandían texto sobre texto, se clavaban metáforas hirientes, esparcían ese odio que se acuña en las derrotas, sonetos con una rima triunfadora, cuentos con un final no tan feliz: eran profesionales de los enfrentamientos y los concursos.

Comenzó la lectura. Los finalistas lanzaban en chorro adjetivos y subordinadas que encharcaban la sala. Yo, tan absurda, con mi mosca y mis playeras. Monterroso escribió: «Hay tres temas: el amor, la muerte y las moscas»[19]. ¿Hay poesía sin moscas? «Vosotras, las familiares, / inevitables golosas»[20].

Y así, de forma un tanto volátil, escribir se fue volviendo inevitable.

No soy yo la que escribe, es alguien que me habita. Yo soy la que baña a mis hijas, prepara garbanzos, inventa mermeladas. La que trabaja, lee y habla con sus amigos, escucha a sus hermanas, la que siempre está cansada. Dentro de mí hay otra que no quiere dormir y escribe hasta la aurora y espera que píe el primer pájaro para cerrar el cuaderno y descansar. Esa que no soy yo imagina y poda los textos hasta dejarlos en nada, viaja a la semilla, se sorprende con sus propias ideas, baila con el ritmo de las palabras. Esa que no soy yo airea y ablanda las frases, las deja en remojo, busca estructuras fértiles donde sembrar historias. La otra es la que poda las plantas y aprende sus nombres en latín, estudia los catálogos de semillas y es desordenada. La que escribe, en cambio, es exigente, relee en la cama, tacha y comprende que, una vez más, no lo ha logrado. El yo doméstico

19. Augusto Monterroso. *Movimiento perpetuo.*
20. Antonio Machado. *Las moscas.*

hace puzles. El que escribe encaja las piezas de una vida en la que nunca hay tiempo suficiente para mí.

Escribir es como plantar un jardín.

Escribo textos breves. Leo.
Wisława Szymborska:
«Cuando pronuncio la palabra silencio,
lo destruyo»[21].

Un texto silencioso es como un jardín japonés, donde el paseante completa los vacíos de esa obra maestra de la elipsis que invita a la contemplación meditativa. Condensar la esencia. Y la imaginación, libre de ataduras, se libera. Acaso el silencio es el meollo de todo arte genuino, el camino de la abstracción, lo mínimo, la simplicidad. En medio del ruido de la ceremonia colectiva, el silencio se ha convertido en un lujo. Se lee en silencio. Se escribe en silencio. En silencio se piensa.

Es de noche y todo está en calma.

El mundo es mío.

De la poda entendida como una de las bellas artes:

Termino una historia, la repaso, me queda la mitad. Voy por buen camino. Podo todo lo que se pueda podar, me desenamoro de las ideas decorativas, me alejo de mí. El mejor adjetivo es un buen sustantivo. Dejo que las ideas emerjan sin que se nombren. Me gustaría que me lean, como quería Lispector, en los renglones vacíos.

Apunto una idea de Chéjov: el arte de escribir es el arte de borrar.

---

21. Wisława Szymborska. *Las tres palabras más extrañas.*

Menos es más.

Esquejes: una vez que la poda termina, quedan historias cercenadas sobre la mesa. Prescindo de ellas con cierto dolor, en tiestos diminutos planto los esquejes. Escribir es acercarse y alejarse a la vez. Es regar y arrancar el narcisismo. Quizá uno de estos esquejes, como en la historia de las habichuelas mágicas, crezca hasta las nubes y se convierta en libro.

Abonar: procuro que el abono no sea químico, con mis propias experiencias, con mis lecturas, hago compost. Una vez alimentado el texto, lo dejo reposar, cierta distancia permite que los nutrientes calen.

Cultura, del latín «cultivo, cultivado».

Ser cultivados. Como si fuésemos un huerto, o un jardín.

Una persona culta nunca deja de crecer.

Hay un proverbio árabe que dice: «Un libro es un jardín que se lleva en el bolsillo».

Pasa el tiempo y llegará otra casa un poco más grande, una ruina, esta vez la podremos comprar. Está en un pueblo cercano a Sigüenza que tiene unos doscientos vecinos, casi todos viejos.

Soy la primera extranjera en la historia del pueblo, y a la pequeña plaza a donde asoma mi ventana le dirán «la plaza de la argentina». En las reformas del edificio mantengo la estructura, el estilo, y eso asombra al albañil, la visión urbanita y extranjera es conservacionista, la suya desea huir del pasado. Después de demoler lo que fue un establo, recuperamos un jardín diminuto. Junto a la pared hay una piedra toba que nos sirve para plantar una rocalla. Es la primera vez que puedo sembrar en tierra y, como tengo más entusiasmo que espacio, compro plantas que reparto por el pueblo sin otra intención que verlas crecer. Pero asoman las miradas suspicaces de los vecinos. Para ellos plantar no es ceder, es apropiarse.

Lo pequeño y lo gigante, el deseo humano de controlar, de manejar la proporción del mundo. Todo en el jardín sucede en miniatura: los recuerdos, los arbustos, el compost. Amontono las hojas de la clemátide para hacer abono, la zona tiene cal y es complicado elegir las plantas, se me resisten los cornus pero las lilas aroman enloquecidas. Dejo que nieven los pétalos de la espirea y sé que de ninguna manera podré tener un rododendro. Aprendo un idioma; fósforo, nitrógeno, acidez, plagas. Me duele no saber nada de química, tengo las ciencias mutiladas.

Parezco un personaje de Agatha Christie, por las noches me adormezco leyendo catálogos de plantas, canta el agua en las acequias. Mi vecino las estudia contrariado y, sacudiendo la cabeza, me dice: «baja una lágrima, apenas llega, se la ha bebido el sol».

El campo y sus metáforas.

Mientras las niñas crecen y arreglamos a trompicones la casa, con absoluta indiferencia a mi falta de tiempo los libros pujan y brotan. Me defiendo de ellos, intento evitarlos, pero ya estoy escribiendo una novela[22]. Durante el invierno doy clases, escribo en los vacíos fértiles, me acuesto cuando despunta el alba. En el verano tengo más tiempo, vacaciones significa solamente cambio de actividad. Así, mientras crío a mis hijas, libros, talleres y casas se suceden. Como una médium trabajaré más de cuatro años en cada proyecto, lejos y fuera de mí. Investigo, utilizo

---

22. Clara Obligado. *La hija de Marx.*

fuentes externas, rebusco en lo que no sé, escribir es mi forma de pensar el mundo. Dicen que solo hay que hablar sobre lo que se conoce pero, ¿acaso Homero estuvo en Troya? La pequeña se mete en mi cama y le cuento historias. Le pregunto, ¿sabes lo que es una metamorfosis? Lo piensa y me responde: «una especie de camuflaje». Tiene miedo a las alturas, pero lo vence y salta. Me mira ufana y dice: «me vertigo».

Con mis hijas germinan las palabras.

Decido hacer un viaje para buscar información para mi novela. Londres y sus plazas, los balcones arborescentes, la sabiduría jardinera de las ventanas. Quiero investigar sobre la época de Marx, perderme en la fabulosa colección de indumentaria del Victoria & Albert Museum, conseguir ilustraciones eróticas del período victoriano.

En las librerías no existe el apartado de erotismo, un *Kamasutra* precioso aparece expuesto en la sección de «belleza y cuidados». Entro en un porno *shop* y doy de bruces con una sección de libros de jardinería, en lugar de un artilugio me compro una planta. En la entrada del Victoria & Albert un policía con aspecto de asesino me detiene, estudia con desconfianza el envoltorio, me imagino con las manos contra la pared, la cárcel, mi familia tan lejos. Pero cuando ve la planta, se desarma, la olfatea, despliega una sonrisa: «qué idea tan encantadora».

En el metro, en una zona en la que los vagones suben casi hasta la superficie, junto a las vías, encuentro un jardín minúsculo. No es un jardín en sentido estricto, ni por sus dimensiones ni por su función, está sembrado en un triángulo donde se cuela un rayo de sol, crece entre las tinieblas, el hollín y el aire contaminado. El hombre que lo diseñó pasa largas horas bajo la tierra, pero ha plantado un jardín que enternece, expresa emoción y soledad. Lo singular de este espacio minúsculo en mitad del trajín y del ruido es la persona que lo cuida, su coraje. Ha encontrado tiempo para regar, para presionar la tierra en torno al cuello de los bulbos, para arrancar las hojas secas. El esfuerzo revela su necesidad de aferrarse a una relación con la tierra que surgió en el neolítico, cuando se comenzó a cultivar. Como el trabajo o el alimento, este hombre necesita belleza. Tal vez tenga un trabajo provisional, monótono, hostil, pero su jardín es un respiro. Entre los empleados temerosos que llegan tarde a fichar, entre los pasajeros sin rostro, el trémulo jardín del guardagujas es un ejemplo de resistencia.

Hago largos paseos por la ciudad que, como Buenos Aires, es plana, qué cansadas son las cuestas de las siete colinas sobre las que está edificada Madrid. Las ventanas exhiben el interior de las casas. Espiar la vida de los otros sin ninguna consecuencia, tejer historias. Me desoriento con facilidad, caminar es perderme, placer y angustia a la vez. La ciudad como selva, como bosque sin miguitas que marquen el camino.

No es lo mismo caminar que peregrinar.

Me recuerdo, también, peregrinando, el corazón que late por un ideal común, las Madres de Plaza de Mayo caminando en círculo, las multitudes que pelean por sus derechos. Peregrinamos las mujeres cada 8 de marzo, peregrinan los que se lanzan al Camino de Santiago. Peregrinar es unir lo físico y lo espiritual, la cabeza a los pies, el trayecto a la utopía.

Sin embargo, aunque pase el tiempo, hay ecos que nunca se acallan del todo, resuenan en terrenos inesperados. No puedo situar lo que escribo ni en el país en el que estoy, ni en el país que dejé, pintar un territorio me abre una herida de tiempo y espacio a la que no quiero asomarme. El espacio como problema, la incapacidad de anidar. Los textos desterrados cuestionan los lugares donde se sitúan y en ellos la sensación de pérdida es una poderosa marca en la escritura.

También se trastoca el sentido del tiempo, que deja de ser lineal, ya no fluye de un punto hasta otro de manera pacífica sino que toma formas más atrevidas, espiraladas, con saltos hacia atrás y hacia delante, vagabundea. Hay que horadar la costra de la tierra para construir una nueva identidad. Inicio un proyecto: la acción sucede en una ciudad indefinida colapsada por la basura. Márgenes, desechos, desperdicios.

Cuando llegué a España vi que tiraban al vertedero un lavarropas que funcionaba, neveras un poco antiguas, muebles preciosos, ropa que se podía usar. Mucha, muchísima comida.

¿Qué es la basura?

«Basura» no es un concepto universal, depende de la sociedad y de su riqueza, de la aceleración capitalista. Es también lo que se barre y se esconde bajo la alfombra, lo que no nos gusta ver. Hay basura material, y también del alma. Hay seres humanos a los que se considera basura.

Apunto una idea: quien busca la verdad tiene que comportarse como alguien que cava.

Con el mismo ímpetu con el que había buscado información en Londres, comencé a visitar vertederos. Todo estaba envuelto en un secretismo curioso, plantas de reciclaje a las que estaba prohibido acercarse, seres sin identidad que discriminaban y separaban vidrios, cartones, plásticos. Un mundo distópico.

En A Coruña hubo una explosión; los gases acumulados hicieron saltar por los aires los desperdicios y un hombre que paseaba por allí (¿paseaba por allí?), desapareció. En medio de los restos, vi a la viuda con su corona de flores. Sobre las blancas cejas de la espuma los ecologistas habían extendido una red que sujetaba las montañas de desperdicios que galopaban hacia las olas. Bandadas de cigüeñas, gaviotas enloquecidas chillando en círculos. Más allá del vertedero clausurado, la indiferencia de los camiones seguía descargando sus bocas siniestras.

¿Tufo, fetidez, pestilencia? Imposible describirlo, el olor de la basura se clava dentro. Muy cerca, los grandes recicladores, un poblado gitano, trabajadores imprescindibles a los que no se quiere ver. Van detrás de las palas y eligen su botín, conocen el vertedero como nadie, cambian el significado de los objetos.

Las cosas de la basura mutan su identidad. Un plato sobre una mesa es un objeto que sirve para comer. En cambio, si lo encuentro en la basura puede ser el halo de un santo, la base de un tiesto, el arma arrojadiza del *Discóbolo* de Mirón. Lo desplazado, lo impar, lo que está fuera de una serie se convierte en objeto fantástico.

Me acerco a conversar con los gitanos.

–Una vez denunciamos un cadáver y la policía sospechó de nosotros. Ahora, si vemos algo, lo dejamos estar. Total, en pocos días, solo quedará el cinturón.

Es una mujer de unos treinta y cinco años, que ya es abuela. Pasa una niña. Sus zapatos son de distinto par. La simetría imposible del vertedero. Mi personaje.

Más allá de estas fronteras, países convertidos en vertederos para que el dulce y querido y ecológico mundo desarrollado aleje de sí sus residuos. Basura galáctica, vertederos espaciales. Filósofos que hablan de la basura. Un mundo.

Comienzo a escribir.

La novela se llama *Basura*, pero el editor ve mi propuesta, me mira y dice, irónico, «anda, ya»[23].

Cuando termino el proyecto llevo casi cuatro años reflexionando sobre este tema y a punto estoy de caer en el desánimo.

---

23. Clara Obligado. *Si un hombre vivo te hace llorar.*

Ahora todo me produce culpa, separo como una obsesa, clasifico. Más que cambiar el mundo con mi novela, la novela me está cambiando a mí, veo lo que antes no había querido ver, percibo mi vida desde otro ángulo.

Mi casa es habitable porque alejo los excedentes, no soy capaz de hacerme cargo de ellos y casi sin mirar el cubo estiro la mano. Si todos tuviéramos cerca lo que descartamos y nos asomáramos a la magnitud de nuestra indiferencia, seríamos conscientes del problema. Pero los vertederos están lejos; en los barrios ricos el cubo de la basura está oculto en el subsuelo. Mientras tanto, los camiones se alejan con su carga comprimida en bolsas negras. Comprendo dónde está el dinero en este círculo de podredumbre: en el transporte. La basura es un negocio que huele mal.

He conseguido una compostadora doméstica en donde vierto los restos de verdura, entran en mi vida lixiviados y lombrices. Lombrices enmarañadas como la melena de la Gorgona, pequeñas excavadoras, invertebrados y serpenteantes que digieren los restos orgánicos y los devuelven convertidos en humus. Aunque la acción individual es absurda, sueño con un jardín capaz de devolver a la tierra lo que de la tierra es. ¿Contrapongo la escritura a la destrucción? En todo caso, me defiendo de un pesimismo paralizante.

También mi libro busca a su familia, sus afinidades naturales. ¿Con quién puedo dialogar? ¿A qué pertenezco yo, si no tengo generación ni país? ¿Dónde están mis pares? Una amiga me recomienda una novela que habla sobre el tema, *Bariloche*, escrita por un argentino jovencísimo que también vive en España. ¿Es una coincidencia? Creo que no. Le escribo, nos encontramos. Pasarán los años y consideraré a Andrés Neuman como parte de mi generación, no por los años que tiene —podría ser mi hijo—, sino por la comunidad de experiencias, de intereses; hay algo que él y yo compartimos sin necesidad de explicarlo.

No puedo dejar de comparar la escritura con la naturaleza, mis estrategias literarias se acercan cada vez más a ella, es la dueña de una economía impecable, todo se reutiliza y lo que muere se convierte en abono. La tensión de los textos, esa necesidad primordial de contacto y palabras. Pienso estas cosas y, desde la ventana, observo la luna.

Según la teoría del impacto gigante, la luna nació de un choque colosal entre un protoplaneta y el nuestro hace cuatro mil millones de años y se formó con los escombros del choque. ¿Cómo sería la Tierra sin ella? ¿De cuántos poemas sentimentales nos habríamos librado? Los antiguos la llamaron Selene y es una titánide, pertenece a las deidades que gobernaron la tierra en la Edad de Oro, cuando no había guerras, ni trabajo, ni vejez, ni enfermedad y moríamos plácidamente, como en un sueño.

La luna se va alejando de nosotros y durante siglos escondió la mitad de su cara. Qué tiempos aquellos, en los que el misterio estaba cada noche a la vista, cómo nos gusta proyectar lo que sentimos sobre la indiferencia del cosmos. Perderla de vista es cuestión de tiempo, me digo a veces, y en ese transcurrir moroso se despliega la inteligencia del mundo. No es la naturaleza quien peligra, somos nosotros, la más sabia de las estrategias consistiría en sumarnos a su esfuerzo.

Tampoco los libros desaparecerán, germinan las ideas que emigrarán lentamente. Hay un jardín literario, un bosque por el que nos paseamos y en el que cada especie es resonancia. Las analogías entre arte y naturaleza son infinitas, no ha habido época que no incida en ellas.

Poco a poco, dejo de contemplar el mundo como algo separado y ajeno para comprender que el mundo me contempla con indiferencia, soy parte de una especie que es una pequeña historia en el planeta, y puedo desaparecer sin que las cosas se modifiquen demasiado. ¿Por qué nos situamos en el centro de la creación? Aún sin los humanos, otros cien millones de años de exuberancia planetaria impulsada por el sol pueden llevar la vida fuera de la Tierra. Y esta certeza que me supera y me congela me llena también de una esperanza testaruda, abstracta.

Vuelvo a mirar la luna y siento que está del revés, crece y decrece en sentido inverso. Ni la luna se queda en su sitio cuando se cambia de hemisferio.

Siempre leo en la cama hasta muy tarde. Mi vecino ve la luz de la habitación, y también se demora en acostarse porque atiende el único bar del pueblo. Leo, en *La escritura indómita* de Mary Oliver, un capítulo que se llama «El grito del búho».

En los últimos tiempos he logrado ajustar la vida a cierta normalidad, apago la luz a las tres de la mañana. Me siento contenta con este triunfo, y dejo que la noche fluya.

Es una primavera húmeda. Una luna grande ilumina el balcón. El búho del libro sobrevuela el bosque donde se hinchan los botones de los árboles y florecen las retamas, brochazos amarillos cubren las montañas que todavía tienen nieve.

Me gustan los búhos. Son el emblema de la sabia Palas Atenea, los compañeros de Merlín. También en mi tierra los veneran, enseñan a mirar hacia atrás antes de emprender el vuelo. El búho del libro tiene hambre y caza en este mundo donde vivo yo. A los pies de la cama, el gato dormita, ronronea, de pronto se pone en guardia y mira por la ventana, pero vuelve a cerrar los ojos. Si estuviera en la historia que leo, mi gato podría perder la vida entre las garras del búho, una carrera, un maullido aterrador, las garras del pájaro clavadas en su lomo.

La naturaleza no tiene nada de bondadosa, nos gusta proyectar en ella nuestros sentimientos.

Duermo entre aleteos y sangre voraz, los ojos atentos y amarillos del pájaro me estudian. Por la mañana bajo a desayunar al bar de mi vecino. ¿Has visto al búho?, me pregunta. Estaba de pie, sobre la barandilla de tu balcón. Es raro ver búhos reales en esta zona. ¿Lo oíste gritar?

Pienso que el texto se materializó en pájaro. Que Mary Oliver lo convocó. Que la lectura no fue real, sino un reflejo de la noche. Pienso también que los libros alumbran en la oscuridad.

Animal: del latín, *animal, animalis*. Que tiene alma. El soplo de la vida, que nos une.

Invito a papá a visitar el terreno que compré en La Vera, le gustan estos proyectos y, como está muy mayor, preparo el viaje con esmero, no sé si volverá a venir a España. Como ya no puede casi andar, llevo una silla en el coche y también repelente contra los bichos para su piel quebradiza. Le pido que piense en alguna solución para el terreno, él puede leer en el campo un paradigma de indicios. Algún día, le cuento, haremos aquí una casa, y esto será un jardín.

—Si vas a poner árboles, me dice, que sean frutales. Son bonitos, y a la vez alimentan. Yo me arrepentí de plantar tantos árboles decorativos.

El terreno es delirante y precioso, pagué por él una nadería cuando nadie estaba dispuesto a estas aventuras. Tiene dos antiguos secaderos de tabaco en ruinas, un valle y un bosquecillo de robles, el hilo plateado de un río. Al fondo, nieve en las montañas. Crecen las mimbreras, casi extinguidas desde que se dejó de trenzar canastos, hay zarzas y retamas en las pendientes, un castaño alto como una catedral, las terrazas donde se plantaron pimientos están desmoronadas.

Demasiado para un jardín, poco para un emprendimiento.

Cómo me gustan las ruinas. Devolverle a las cosas su ser, observar el alma de las casas, ponerla de pie, dejar que se expresen. Nunca viviría en una casa sin fantasmas.

Mientras los demás pasean por el terreno, me siento con papá junto al río, bajo los robles, y conversamos mansamente. Mantiene su humor, su asombro casi infantil.

–Ya lo he pensado, me dice de pronto. Sé lo que te conviene. Espero las sugerencias de mi padre. Su sabiduría.

–Te conviene traer dos vacas preñadas de Buenos Aires.

–¿Dos vacas?

Supongo que es una broma, pero él insiste, expone, divaga.

–Sí. Dos vacas Jersey, son mansas, fáciles de transportar, dan buena leche. Podrían llegar bien. Y repite: preñadas.

De pronto entiendo que ya lo he perdido.

No llegamos. Nunca llegamos a tiempo. Los que vivimos lejos, en el otro hemisferio, si la agonía no es larga, no llegamos nunca a tiempo para acompañar a nuestros seres queridos hacia la muerte. Es nuestra maldición: un llamado por la noche y el llanto súbito, el corte definitivo, alguien que allá, en nuestro mundo, ha desaparecido para siempre. Luego vendrán las sombras. Su maldición, su bendición. Leo a Tanizaki y me reconforta esa filosofía doméstica, el canto a las tinieblas. Lo que se pierde y se hunde. Su triste belleza. Y la escritura que atrapa matices, detiene lo minúsculo, vuelve a alumbrarlo.

Es temprano, en la pared se dibujan las sombras de la palmera. Cuando habitamos esta casa solo tenía tres hojas, como penachos de un pájaro moribundo. Tuvimos que podar varios árboles para que entrara la luz y ahora explota su melena loca junto a la ventana. Oigo su secreteo de lluvia, la sombra de abanico se desploma sobre el patio. La luz en los jardines, los mechones de oro entre las ramas del mediodía, el rosa que vira al gris en el crepúsculo, esa penumbra que me lleva a la noche estimulante en la que escribo. Goethe escribió: «¿Qué es lo más difícil? / Aquello que parece ser lo más fácil: / ver con los ojos / lo que ante los ojos se encuentra».

Imagino la oscuridad como un terreno liberado.

Imagino a mi padre, al que no veré nunca más.

Sombra. Umbrío. Sombrío. Sombrero. Asombro.

Niebla. Obnubilar.

Familias de palabras. Leo el *Diccionario etimológico* de Corominas como quien lee una novela.

Un sobresalto, también una dulzura, eso fueron los fantasmas de papá y mamá. Mamá murió una noche, yo todavía era joven y ella también. Acababa de nacer mi segunda hija y, cuando recibí el llamado, empecé a llorar. Lloré durante las horas que le quedaban a la noche, lloré al avisar que no iría al trabajo, lloré en la agencia de viajes donde me dieron un pasaje gratis que pagaría más adelante, lloré en el avión. Lloré con mi hija en brazos, en el aeropuerto, lloré como si quisiera anegar el mundo. Lloré en el cementerio (pero eso era más lógico), lloré hasta que comprendí que es más complejo despedirse de alguien con quien se tiene una relación difícil que de alguien con quien todo ha sido sencillo. Lloré como si me hubieran arrancado un brazo.

No llegué a su entierro, nadie estaba para consolarme. Los deudos encerrados en sus casas, enfrascados en su propia tristeza. Dormí en la casa de mi padre y, por la noche, mi hija comenzó, también, a llorar. Me levanté de la cama para consolarla y vi a mi madre en camisón avanzando por el pasillo. Era una escena tranquila. Al principio me llamó la atención que estuviese ahí, porque hacía años que se habían separado. Pero luego pensé: viene a despedirse. Y le sonreí. Después, como estaba desnuda, sentí pudor y regresé a la cama. Acunada por su imagen, me dormí.

Mi padre, en cambio, murió varias veces. Estaba enfermo de Alzheimer, y en cada viaje a Buenos Aires yo regresaba a Madrid acongojada, pensando que no lo volvería a ver más. Dicen que el Alzheimer es una enfermedad brutal, y lo es, pero también es otras cosas, en esos últimos años tuve con mi padre una relación en la que yo me hacía cada vez mayor, y él cada vez más niño y juntos aceptamos que nuestro lenguaje sería el tacto. Un día, viéndonos a las tres hermanas, dijo: «qué señoras tan simpáticas, dicen que son mis hijas».

En esa vida que caminaba hacia su inicio, mi padre se convirtió primero en un poeta surrealista, luego dejó casi de hablar en castellano y volvió al francés, la lengua de su infancia le ofreció cobijo, por fin se acurrucó en la música. Cuando me avisaron que se estaba muriendo decidí no viajar, no estaba consciente y me resultaba demasiado doloroso ir por unos días sin saber si podría acompañarlo hasta el final. De modo que murió, y yo lo sostuve en la memoria.

Los que estamos lejos tenemos que inventar nuestros ritos de despedida. Mi padre había sido un gozador, para recordarlo fuimos con mi familia a comer a un restaurante que le encantaba, brindamos por él. Vimos una película cómica, la última que habíamos compartido. A la hora de su entierro fui a misa, aunque yo no soy creyente, lo acompañé a su manera, sé que a él le hubiera gustado así. La misa estaba dedicada a Isidro Labrador, el santo más apropiado.

Casualidades, compensaciones.

TODO LO QUE CRECE

Pasaron los años. Volvía yo de un viaje cuando, entre los que esperaban a los pasajeros, vi asomar el rostro de papá. Ya no estaba enfermo y tendría, más o menos, mi edad, su eternidad y mi contingencia nos habían equilibrado. Entonces se lo conté: papá, ya soy mayor y razonablemente feliz. Sigo con mi pareja, he ganado algún premio, hemos tenido un nieto que me hubiera gustado que conocieras. Mis hijas están bien. Los cinco hermanos seguimos trabajando el campo, aunque de otra manera. Estarías contento. Te echo muchísimo de menos.

Y me alejé de la estación, arrastrando la maleta.

En la noche deshabitada, camino sola. Nunca más habrá esa casa, ni esa puerta, no sé cuál es el último espejo en el que se miró, pero seguiré conversando con él. Las cosas no sabrán que se han ido, aunque solo quede de mis padres un poco de tierra.

Cuando vuelva al campo pensaré también: este es el árbol que mi padre plantó, estas las cortinas que eligió mi madre. Aquí dormía mansamente el perro. Hubo un jazmín y yo no fui feliz. Aquí aprendí a perderme en la naturaleza y a refugiarme en los libros. Aquí me amaron, y aprendí a amar.

Las sombras salen de su cueva, cuando regreso al campo. La inundación ha borrado el parque, los árboles poderosos han extendido sus ramas de titanes. El nogal, como una cúpula inmóvil, suicida los cerebros de sus frutos. Allí seguimos nosotros, nuestros cuerpos infantiles, yo estoy escondida, escapo de la observación de los mayores, leo entre el fulgor amarillo del aromo. Más allá vivía don Juan, oigo los ladridos de los galgos, el relincho de algún caballo. Nos veo, a mi hermana y a mí, los gritos a la distancia. Veo sangre sobre la tierra. Veo a mi madre siendo desgraciada.

Una lluvia mansa riega el jardín.

Lluevo.

¿Y si una mañana nos despertáramos, como Gregorio Samsa, convertidos en insectos? ¿O en zorros, como en la novela de David Garnett? Las metamorfosis recorren la literatura. Ya los dioses del Olimpo, para perpetrar sus fechorías, tomaban el aspecto de un animal, sus víctimas se transmutaban para esconderse; hay seres anfibios que dan cuenta de lo poco precisas que son las definiciones binarias.

Yo tenía una perra, Lúa, que llegó a casa en contra de mis deseos. A una perra en Madrid hay que cuidarla, y yo no estaba dispuesta, de modo que la acepté a cambio de no ser yo quien se ocupara de ella. De esta manera entre Lúa y yo fue instalándose un amor profundo que se basaba en el placer y no en la necesidad. Lúa era una perrita cruza de dos razas que le dieron un aspecto curioso y un pelo ingobernable. Cuando la llevaba al campo, corría alrededor de la casa y removía las hojas oscuras. Hay pocas cosas más felices que un perro que corre, pocas más vitales. Cuando estaba cansada se subía a mis faldas y escondía su cabeza bajo el ala gigante de mi brazo. De pronto temblaba por algo imposible de descifrar. Lúa tenía una historia. Quizá había sido maltratada, quizá su vida antigua anidaba dentro de la nueva o se trataba de un temor ancestral. Si llegaba a despertarse me miraba con sus ojos confiados antes de volverse al sueño. Un perro es un ramillete de ansiedades. Lúa necesitaba estar siempre en contacto con alguien, la mano en su cabeza, bajo mi pie cuando escribía, o debajo de la cama por las noches. Un día la perrita se paró en dos patas y se apoyó contra mis piernas para quedarse quieta, estudiándome. De pronto, bajo su frente salvaje y rizada, vi aparecer la mirada de mamá. Ambas tenían los ojos acuosos y oscuros, que transmitían con facilidad el estado de ánimo. Esta versión de mi madre que tenía ahora ante mí era mansa y cariñosa, como ella no había sido nunca. ¿O sí? Quizá algo de ella estaba allí y me consolaba, en la sala de mi casa, donde una perrita y yo nos mirábamos fijamente. De pronto Lúa bajó las patas, sacudió las orejas y se metió debajo de la mesa. Ya no volví a ver a mamá.

En Hiroshima hay árboles que sobrevivieron a la bomba atómica. Los japoneses los llaman los *hibakujumoku*, y son un himno a la fuerza de la vida. A estos ancianos sabios se los conoce y se los respeta: un ginkgo, un pino negro japonés con una cicatriz, un muku, tres ejemplares muy comunes en los jardines clásicos. Hay también un sauce llorón, nacido de unas raíces que habían sobrevivido bajo tierra y que se encontraba a trescientos setenta metros del desastre. El ginkgo brotó entre las ruinas de un antiguo templo budista y es ahora el símbolo del renacimiento. Alguien escribió debajo: «Nunca más Hiroshima».

Voy a comprar un ginkgo. No me dará el tiempo de vida para sentarme bajo sus hojas de abanico, pero plantar un árbol es siempre un acto de esperanza. Planto el ginkgo y recuerdo que este arbolito de aspecto frágil se asomó al mundo antes de que aparecieran los dinosaurios. No tiene parientes vivos, es único en su especie. A través de los años, no desacelera su crecimiento y la calidad de las semillas no merma con la edad. Puede morir por alguna causa exógena, pero no tiene inscripta, como yo, la obligación de la muerte. Como dijo el poeta José Martí: «Plantar un árbol, tener un hijo, escribir un libro». Dejar traza de nuestro paso por el mundo. Trascender. Mi padre creía que había un cielo. Yo venero el reino de este mundo. Cuando cumplí sesenta años me dije que era hora de empezar a envejecer, pero lo pospuse. He cumplido setenta, y lo he vuelto a posponer. Mientras me río de mis propias estrategias de supervivencia, imagino a los árboles y su triunfo contra el tiempo, fantaseo con los que vendrán, los nietos de mi nieto, que tal vez disfruten del viento bajo estas ramas. Escribo este libro y planto el ginkgo con delicadeza: cultivar un árbol es dejarme cultivar por él.

El todo y los fragmentos, lo grande y pequeño: naturaleza, paisaje, jardín, herbario.

Encuadres, recortes.

Busco definir estas palabras. La naturaleza es la unidad de un todo, ilimitada. El paisaje, en cambio, está desgajado, es un fragmento, la mirada del hombre lo individualiza, lo escinde, pero está en sintonía con el todo y tiene unidad de sensación. Lo dice Georg Simmel, en su *Filosofía del paisaje*. Los jardines, en cambio, son espacios más pequeños donde fantaseamos con que lo natural se expresa cuando, en realidad, sucede todo lo contrario. Un jardín es naturaleza manipulada: «componemos» arriates armónicos, arrancamos las «malas hierbas», prestigiamos un híbrido que está de moda, recortamos los arbustos con formas novedosas, matamos sin piedad las «plagas» que se atreven a vivir entre nuestras flores. Qué pasaría con una pobre serpiente si se atreviera a asomarse a nuestro paraíso.

Mientras cuido mi jardín, pienso que todos tenemos varias vidas no cumplidas. En una de ellas soñé con ser una pintora victoriana que delineaba flores con precisión de maniática y dulzura de mermelada.

Me gusta dibujar, acumulo cuadernos en los que tomo notas para mis libros y pinto escenas que solo tienen interés para mí, pero que hacen que memorice detalles, la pistola que usará el asesino, la palmera que bailará junto al balcón, una esquina de la habitación donde estoy escribiendo. Después de terminar uno de mis dibujos torpes sé cómo se doblan los pétalos de una gardenia, o cómo son las alas de una mosca, y esa precisión tiene que ver con la búsqueda de la palabra exacta.

El acercamiento a la naturaleza es muchas veces detallista y minúsculo, un reto clasificatorio. «Nadie ha ordenado los diferentes grupos de la naturaleza en un orden tan perfecto», dijo, con escasa modestia, Linneo, hablando de sí mismo.

Pienso en Rosa Luxemburgo y su herbario compuesto por dieciocho cuadernos. Algunos los organizó en la cárcel, como si buscara acariciar con las manos la vida que sucedía fuera. Su cuerpo asesinado fue rescatado del río y descansó anónimo en las catacumbas del Hospital Charité de Berlín; noventa y un años más tarde se sustrajo saliva del herbario para compararlo con su ADN y se la pudo sepultar.

Hacer un herbario es el intento vano de triunfar sobre el caos de la naturaleza, poner orden y observar por separado. Es, también, el intento soberbio y vano de clasificarlo todo. Pienso en lo que se nos escapa, el consuelo que proporciona lo mínimo. En dejarnos fluir. En el caos.

La palabra «caos» tiene una raíz indoeuropea que se asocia con «gas» y con «bostezar». En griego designa un abismo oscuro que se produce al inicio de los tiempos, que en la cosmogonía y la filosofía griegas querrá decir «masa de materia sin forma». Existía antes de la creación del mundo, y del Caos emanaron Nyx, la noche, Erebo, las tinieblas, y Gea, la tierra.

Es, entonces, un bostezo y un principio. Me gusta esta idea de que el impulso creativo germina entre la pereza y el desorden.

Las casas. Las historias que cobijan. La hospitalidad. Lugares a los que se puede llegar, una habitación para los invitados, comida que se multiplica como en el milagro de los panes y los peces.

En una tragedia poco conocida de Eurípides, Alcestis debe hacer el trayecto que la lleva al Hades. Dicho de manera un poco más actual, ha muerto y tiene que viajar al más allá. Su esposo llora la pérdida y, en medio del luto, recibe la inoportuna visita de Hércules. Hércules ignora el dolor de su anfitrión ya que, para no perturbar al semidiós, el marido disimula su pena. Cuando Hércules descubre la generosidad de su anfitrión le hace, a su vez, un regalo, que consiste en rescatar a su esposa de las tinieblas de la muerte. Una tragedia que termina bien. Todos somos, alguna vez, huéspedes o anfitriones; protegemos y nos dejamos proteger.

«Fui a los bosques porque quería vivir deliberadamente, enfrentándome solo a los hechos esenciales de la vida, y ver si podía aprender lo que la vida tenía que enseñar, no fuera que cuando estuviera por morir descubriera que no había vivido».

Es bien conocida la decisión de Thoreau de aislarse en una cabaña. Allí escribirá *Walden*, un bello libro en el que propone una serie de máximas que ayudan a cambiar el mundo con el no tan sencillo sistema de cambiarse a sí mismo. Simplicidad, austeridad, rusticidad, frugalidad son las virtudes cardinales. «El arte de prescindir» donde Thoreau descubre que trabajando con sus manos basta con seis semanas de actividad al año para sobrevivir.

«En mi casa hay tres sillas: una para la soledad, dos para la amistad, tres para la compañía. Cuando llega inesperadamente un gran número de visitantes […] economizan el espacio manteniéndose de pie. Luego está la gran morada de la naturaleza, un salón de visitas que es el pinar que está detrás de la casa».

Las sillas de Thoreau dan mucho que pensar. En algunos pueblos, si hay dos personas, hay dos asientos, en otros no se concibe una casa sin una habitación con una cama cómoda para los viajeros.

Hay otro bello libro menos conocido, escrito por Susan Fenimore Cooper, quien, seis años antes que Thoreau, redactó el texto que funda el naturalismo, *Diario rural*. Su enfoque es menos tenso. Darwin dijo: «ando a la mitad de *Diario rural*, de la señorita Cooper. ¿Quién puede ser? Parece una mujer muy inteligente y ofrece un relato magistral de la batalla entre nuestras malas hierbas y las de ustedes». El libro apareció de manera anónima, y Susan Fenimore Cooper (1813-1894), hija del autor de *El último de los mohicanos,* lo publicó firmado «By a lady».

Entre las dos cabañas, yo hubiera preferido llegar a la de Susan quien, además de ofrecerme una silla, me hubiera convidado, sin duda, con algún pastel hecho con sus manos. El olvido es parte de la historia de las mujeres.

Empiezo a pensar en este libro. En guardar en el papel ese trozo de naturaleza que se convirtió en escritura. En relatar en desorden, como quien pasea, uniendo los puntos de verdor. Apunto anécdotas para ver si florecen. Las abono y surge la sombra de un árbol.

Todo lo que veo se infiltra en lo que escribo.

Me viene a la mente la marcha del planeta, sus estrategias de supervivencia, ese lento camino tan diferente al nuestro, el hacerse y deshacerse de las nubes, nuestra actitud de humanidad ilustrada que le da la espalda al paisaje. Cuando digo «paisaje» no quiero hablar de la naturaleza domesticada, sino del entorno, de nuestra *oikós,* esta casa maltratada.

Planto ilusionada las primeras frases y el texto genera fractales, las historias se abren como las ramas de un fresno, estructuro los relatos en espiral logarítmica, entrelazo, realizo una poda de formación. Me sucede casi siempre. Basta con mirar las nervaduras de una hoja para tener el diseño de un cuento. La espiral logarítmica evoca la perfección y está representada fuera de mí: los giros de la vía láctea, la cabeza de un girasol, el vuelo de los pájaros. Es, también, la divina proporción de los renacentistas. ¿Por qué nos conmueve? ¿Por qué nos quedamos hechizados ante una flor o un paisaje? ¿Qué proyectamos en ellos, para sentir tanta emoción?

Algunos pensaron que la naturaleza era el reflejo de la divinidad, otros de lo que llevamos en el corazón, otros un medio hostil que había que avasallar, la historia y el arte han girado mil veces sobre estos conceptos. Quizá se trata de la memoria de lo que fuimos, nuestro paso a través de las diferentes especies, quizá simplemente es algo que no podemos narrar, como resulta imposible «contar» una fuga de Bach, lo que sucede en nosotros cuando la escuchamos está por encima, o por debajo de las palabras.

Pero quienes escribimos, ya se sabe, necesitamos palabras para nombrar.

Este verano voy a terminar de escribir unos cuentos en una casa que una amiga nos prestó en el centro de Francia. Tiene un jardín que cuido por ella, un gato que me sigue con cara de neurótico. Intento seducirlo con una latita de más pero sigue odiándome, me demuestra que él es el dueño de la casa y yo la intrusa. Lo olvido mientras paseo por los campos y bosquecillos deliciosos, pueblos llenos de flores. Desde la ventana del dormitorio se ve, como un recortable, la catedral de Chartres. Escribo y, en los ratos libres, decido visitar los jardines de la zona.

El primero que encuentro es minúsculo; el dueño lo promueve como un jardín medieval y nos persigue intentando vendernos jabones y postales. No está muy cuidado, pero su abandono es su encanto. Remeda el Edén y tiene una doble lectura, el agua representa la vida eterna, todas las plantas simbolizan algo. Su organización en damero es un espacio que alimenta y cura, con frutas, especias y una farmacia de hierbas medicinales. Bajo la parra, que evoca tanto el vino como la eucaristía, la sombra es un paseo espiritual, un muro nos separa del exterior temible. Qué descansada vida.

Nos acercamos a Maintenon, donde hay un palacio con un jardín formal diseñado por André Le Nôtre. Le Nôtre era jardinero y pintor, es decir, dueño del arte de la perspectiva que tanto interés provocaba a principios del siglo XVII. En sus jardines, que son la mayor muestra del jardín formal francés, la vista se pierde en el infinito: avenidas rectas, parterres esculpidos, estanques delimitados, fuentes, obeliscos, grupos escultóricos. Suyo es, lo sabemos, el diseño de esa máquina de visión desde la que se podía ver los dominios del Rey Sol, los jardines de Versalles. El jardín como poder y sus paseos agotadores. Me siento a contemplar el acueducto que hoy parece una ruina romántica. Centímetro en mano, los jardineros se afanan por dejar a una altura perfecta los bordes de los parterres. Los jardines son el reflejo de las ilusiones de una época, meditación o prestigio, intimidad o muestra de poder.

Siguiendo el río que domesticó Le Nôtre, llegamos a Giverny, donde el pintor Claude Monet se dedicó a una nueva actividad creativa, la de la jardinería. Vegetación, espejos de agua, hasta un puente japonés fueron parte de su pasión perfeccionista y el jardín se convirtió en una pintura en cambio constante, rica en colores, matices, brillos y sombras. Un giro a la idea de que el arte copia a la naturaleza por la idea de que la naturaleza copia al arte. No estaban contempladas en el delicado diseño las riadas de turistas que hoy ahogan sus caminos. Gran parte de ellos se detiene en el estanque de los nenúfares, que ocasionó que las aguas del río Epte fueran desviadas y filtradas para que proporcionaran una suave corriente siempre limpia. El encanto del jardín es indudable, pero hay algo extraño en esta naturaleza claramente «pintoresca», un término que traspasó el campo del arte para verterse sobre la filosofía y la poesía, o el mundo de los viajes.

Está anocheciendo y me alejo abrumada. La caminata por el pueblito por donde paseaba el pintor me devuelve un hechizo que apaga el murmullo de los visitantes.

De regreso en La Vera, recogimos un melón que nació del compost de lombrices. Lo dejamos allí todo el verano y se fue hinchando como una embarazada. Alguien nos dijo que, cuando el rizo que sale de su ombligo estuviera seco, el melón estaría en su punto. Lo llevamos a Madrid, para compartirlo con todos los que habían pasado por la casa durante el verano. El momento exacto de las cosas.

El jardín de La Vera es minucioso y pequeño, en él he plantado una muestra de las cosas que crecían en el campo de la infancia. Un *Teucrium* gris plateado, los *Agapanthus africanus* que dan a la pequeña piscina un aire de estanque. Al verlos, me doy cuenta de que estoy replicando el parque de mi infancia en escala minúscula. Compongo el jardín como quien recupera una palabra.

Las plantas de la niñez son inmóviles. Como los recuerdos, no mueren, ni crecen.

Vasos comunicantes entre escribir y plantar: el mayor atributo de un jardinero es la paciencia, no entendida como pasividad, sino como una insistencia que se nutre de sorpresas. También tiene paciencia en su búsqueda quien escribe, no hay mejor abono para un texto que la espera.

Así crecen los libros.

En este tiempo incierto en que la pandemia parece amainar, recuerdo los meses transcurridos desde que empezó el encierro. El trabajo a distancia me dejó llevar a cabo un viejo sueño: ver cambiar las estaciones en la naturaleza, vivir a lo largo de un año en el campo.

Rehabilito con mi hija el secadero de tabaco que está en el bosque, es una edificación modesta y antigua. Los jabalíes se acercan a la casa y se rascan contra los árboles, dejan en los troncos sus huellas de barro y alegría nocturna. Entre la bruma algodonosa, los robles y los fresnos pierden las hojas, vuelven a verdear. Hay musgo, bulbos, delicadas flores silvestres. Es un bosque europeo caduco, tan lejano de la pampa en la que pasé una parte de la infancia, menos esencial que ese paisaje, más historiado.

Ha sido un año corto y largo a la vez, lleno de incertidumbre y dolor. Terminé dos ensayitos que son complementarios, *Una casa lejos de casa*, en el que hablaba del exilio, del cambio de país, del peso de la emigración. Este que ahora escribo actúa en espejo con el anterior, reproduce la estructura, y mi otro yo expande sus sentidos. ¿Podría seguir así, en bucle? Todos tenemos varias personalidades, y algunas son casi incompatibles. ¿Cómo se expresa nuestro yo de escritores?

Una vez, en el Taller, hablando sobre Borges, decidimos hacer el siguiente ejercicio: tomamos uno de sus cuentos, lo analizamos sintácticamente y, con esa estructura como andamio, cambiamos el sentido de las palabras, ejercimos un plagio secreto muy difícil de identificar, replicamos, nos nutrimos no de la carne, sino de los huesos. Estas experiencias me fascinan. ¿Hasta qué punto somos nosotros, cuando escribimos? ¿Qué es lo que hay que identificar, para saberlo? Escribir, me digo, es, a la vez, mentir y decir la verdad. Lo escribo y me pregunto también: ¿es la verdad una virtud literaria?

Leo los textos de Ana Casas, converso con ella. Dice: «los creadores siguen afanándose en plasmar sus identidades, aún fragmentaria y precariamente»[24]. Giro sobre sus palabras. Nunca me ha interesado hablar de mí misma, pero un hilo personal fluye y me organiza. ¿Se nutre de la necesidad de reflexión a la que me empuja la edad, o es una simple técnica para hilvanar este discurso? ¿Es un acento híbrido? ¿Escribir desde el «yo» es una estrategia para no generalizar mis reflexiones? ¿Es en la sintaxis donde soy más sincera, o en las historias que me cuento? Quién sabe. Rimbaud escribió: yo es otro[25]. Mis yoes son caminos por los que transitan las historias.

Mientras escribo, llueve. No es un agua mansa la que riega el jardín, es un agua que cae furiosa azotando la tierra. «La lluvia es algo que sin duda sucede en el pasado»[26], dice el poeta, y me dejo mojar por su nostalgia. Llueve hoy como llovió en la infancia, pero ya no huele a ozono, llueve de otra manera que en la pampa. Las nubes que vienen desde el mar, el milagro de la sal que pesa y no puede evaporarse ni ascender hasta ellas, la forma de las gotas. ¿Qué forma tiene una gota de lluvia? Diríamos que es como una lágrima. ¿Será por su inevitable melancolía? No, a una gota de lluvia la esculpe el aire y tiene la forma de un panecillo de hamburguesa.

Llueve sobre el jardín y las hortensias humillan sus cabezas rosadas, el ciprés deja de mirar el cielo para alicaerse. Llueve y escribo, un trueno majestuoso choca contra la montaña.

---

24. Ana Casas. *El autor a escena. Intermedialidad y autoficción.*
25. Arthur Rimbaud. «Carta a Georges Izambard».
26. Jorge Luis Borges. *La lluvia.*

Palabras que sumo:
Celaje: aspecto que tiene el cielo cuando está surcado por nubes tenues y de distintos colores.
Cencellada. Preciosa y gélida, define a la niebla congelada.
Ventalle: abanico. Juan de la Cruz escribió: «y el ventalle de cedros aire daba»[27].

Sobre el dolor y la creación.
Roto por su experiencia como fotógrafo en diversas crisis humanitarias, el fotógrafo brasileño Sebastião Salgado abandonó Ruanda con la decisión de fotografiar la tierra. De allí nacerá *Génesis*, un libro en el que persigue mostrar los lugares del mundo que se mantienen iguales desde el día de la creación. Luego regresará a la tierra de su infancia, en Minas Gerais, para hacerse cargo de la finca de su padre. Lo que encontró no era ya el Edén de su infancia. El campo, devastado, se había convertido en un territorio seco y yermo. Junto con su mujer, Lélia Wanick, se dispuso a devolver a esa tierra el bosque subtropical atlántico que había desaparecido. Las imágenes que muestran el antes y el después son conmovedoras. Donde hubo desierto, ahora crecen los árboles y el agua ha vuelto a fluir.
Wangari Muta Maathai, Premio Nobel de la Paz, incitó a las mujeres de Kenia a recoger semillas de los bosques para plantarlas y logró dejar un legado de más de cuarenta millones de árboles. Tantas y tantas iniciativas que no son un ejercicio de nostalgia sino que nos enseñan que vivir es renacer incesantemente como las células de nuestro cuerpo. Dicen también que, si se deja tranquilo un bosque incendiado, a los diez años regresa.

---

27. Juan de la Cruz. *La noche oscura.*

Hay un concepto que me resulta estimulante, el de «desextinción». Es posible que no tenga demasiado sentido revivir un dinosaurio, cuyo hábitat ha desaparecido, pero hay animales extinguidos hace menos tiempo que podrían ser recuperados. Los uros, por ejemplo, una especie de ganadería salvaje que despejaba el campo y evitaba los incendios. Como los genes de los uros siguen presentes en varias especies de ganado actual, el sistema consiste en cruzar los animales más parecidos al original e irlos acercando de generación en generación. A la séptima, según los genetistas, se volvería a ver, en vivo y en directo, al animal extinguido.

Cuando todo parece desmoronarse, leo a Steiner, me acerco a sus libros como quien se sienta junto a un sabio para quien la literatura es una forma de respirar. Él también habla de la recuperación del pasado, de los clásicos y su vigor, con él emprendo un viaje hacia el origen, veo cómo germina el lenguaje. Escribir y plantar. Cuidar de un jardín, o cuidar un libro. Sintaxis, morfología, lo que no salta a la vista pero está ahí, la gramática como estructura de la experiencia humana.

Steiner habla del tiempo futuro como un regalo del verbo, una forma que nos permite proyectarnos hacia universos imaginarios. Un tiempo verbal, dice, que es un desafío a la muerte y la desesperación, el tiempo en el que podemos soñar. Dice también: «es fantástico que seamos un animal que concibe tiempos de futuro y que dispone de una forma verbal para expresarlo. Si alguien nos arrebatara esta posibilidad, nos quedaríamos sin el don que nos ha permitido sobrevivir al horror, a las masacres, al hambre»[28].

---

28. George Steiner. *Elogio de la transmisión.*

Vivir es reescribirnos.

Y el verbo se hizo tiempo, desafió a la muerte y a la desesperación.

Mi padre me enseñó la importancia de las plantas, yo le regalo a mi nieto un bulbo de jacinto para que lo vea brotar. Veo su carita de asombro y me recuerdo a su edad, observando cómo asoma la flor roja de un geranio. Le explico qué son los lixiviados, le muestro cómo trabajan las lombrices. Le cuento que charlo con la palmera que se asoma a la ventana. Bruno planta y me escucha, en su media lengua repite nombres en latín. Como hice con mis hijas, jugamos a aprender palabras intrincadas. Sé que no tengo tiempo para saber qué pasará con su vida, de modo que intento transmitirle lo que le pueda servir. Soy una narradora, un eslabón, una rama. Está cavando con un palito, entierra una semilla. ¿Me recordará?

Le cuento que parte de su familia viene de muy lejos y me vuelve a la memoria un capítulo de la *Odisea*, esa historia de un regreso imposible, los diez años que dura la guerra hacen del héroe un extraño. Así, cuando Odiseo regresa al hogar, solo lo reconoce su perro. Su padre no sabe quién es, pero el astuto Odiseo encuentra un salvoconducto privado:

«Si lo deseas, te enumeraré los árboles que una vez me regalaste en este bien cultivado huerto: pues yo, que era niño, te seguía y te los iba pidiendo uno tras otro; y, al pasar por entre ellos me los mostrabas y me decías su nombre. Fueron trece perales, diez manzanos y cuarenta higueras; y me ofreciste, además, cincuenta plantas de cepas».

Y el padre, conmovido, lo abrazó.

Evoco estas historias que se repiten desde que el mundo es mundo, el tópico del retorno del héroe. Con menos fanfarria, las mujeres también regresamos a una naturaleza que nos recuerda su esencia de madre.

Juan Ramón Jiménez dijo: «Y yo me iré y se quedarán los pájaros cantando».

¿Qué puedo desearles yo a mis nietos? Mientras termino de escribir formulo un deseo: si algún día realizan un viaje de regreso, espero haberles mostrado un camino. Sentada junto a Bruno, en el jardín, de esta manera tan doméstica, me permito habitar ese gran error que es la esperanza.

FUENTES

Glenn Albrecht. *Las emociones de la tierra*. MRA ediciones, Barcelona, 2020.

Lina Alonso. «El herbario de Rosa Luxemburgo», en *El Malpensante*, 26-10-2018.

Joaquín Araújo. *Los árboles te enseñarán a ver el bosque*. Prólogo de Manuel Rivas. Crítica, Barcelona, 2020.

Sonia Berjman. *Diversas maneras de mirar el paisaje*. Nobuko, Buenos Aires, 2005.

Santiago Beruete, *Verdolatría. La naturaleza nos enseña a ser humanos*. Turner Noema, Madrid, 2018.

Maurice Blanchot. «Literature and the right to deth». En *The Gaze of Orpheus and Other Literary Essays*, Lydia Davis, Tr. Station Hill Press, Barrytown, Nueva York, 1981.

Nicolas Bourriaud. *Radicante*. Adriana Hidalgo Editora. Buenos Aires, 2009.

Louis-Jean Calvet. *Historias de las palabras*. Versión española de Soledad García Mouton. Gredos, Madrid, 1996.

Rachel Carson. *Primavera silenciosa*. Editorial Crítica. Barcelona, 2010.

Rachel Carson. *Los bosques perdidos*. Prólogo de María Belmonte. Edición e introducción de Linda Lear. Ediciones El Salmón, Alicante, 2020.

Ana Casas (ed.). *El autor a escena. Intermedialidad y autoficción*. Iberoamericana-Vervuert, Madrid, 2017.

Ramón del Castillo. *Filósofos de paseo*. Turner Noema, Madrid, 2020.

Teodor Cerić. *Jardines en tiempos de guerra*. Trad. Ignacio Vidal-Folch. Ilustraciones de Mercedes Echeverría. Elba, Barcelona, 2018.

Gilles Clément. *Manifiesto del Tercer paisaje*. 2.ª ed. ampliada. Editorial Gustavo Gili, Barcelona, 2018.

Gilles Deleuze y Félix Guattari. *Rizoma. Introducción*. 9.ª imp., Pre-Textos, Valencia, 2010.

Emily Dickinson. *Herbario y antología poética*. Traducción de Eva Gallud. Editorial Ya lo dijo Casimiro Parker, Madrid, 2020.

Ralph Waldo Emerson. *Naturaleza*. Traducción Andrés Catalán. Ilustraciones de Eugenia Ábalos. Nórdica Libros, Madrid, 2020.

Susan Fenimore Cooper. *Diario rural. Apuntes de una naturalista. Primavera-verano*. Traducción Esther Cruz Santaella. Prólogo María Sánchez. Pepitas de Calabaza, Logroño, 2018.

John Fowles. *El árbol. Un ensayo sobre la naturaleza*. Traducción de Pilar Adón. Impedimenta, Madrid, 2015.

Donna J. Haraway. *Seguir con el problema: generar parentesco en el Chthuloceno*. Traducción Helen Torres, Consonni Ediciones, Bilbao, 2019.

David George Haskell. *Las canciones de los árboles. Un viaje por las conexiones de la naturaleza*. Turner Noema, Madrid, 2017.

David George Haskell. *En un metro de bosque. Un año observando la naturaleza*. 2.ª ed., Turner Noema, Madrid, 2017

Javier Maderuelo. *El espectáculo del mundo. Una historia cultural del paisaje*. Abada, Madrid, 2020.

Stefano Mancuso. *El increíble viaje de las plantas*. Traducción de David Paradela López. Acuarelas de Grisha Fischer. Galaxia Gutemberg, Barcelona, 2019.

Lynn Margulis y Dorion Sagan. *¿Qué es la vida?* Prólogo de Niles Eldredge. 3.ª ed., Tusquets, Barcelona, 2009.

Clara Obligado. *Una casa lejos de casa. La escritura extranjera.* Contrabando, Valencia, 2020.

Mary Oliver. *La escritura indómita.* Prólogo de Elena Medel. Errata Naturae, Madrid, 2021

Umberto Pasti. *Jardines. Los verdaderos y los otros.* Dibujos de Pierre Le-Tan. Prólogo Juan Carlos Llop. 2.ª reimpresión. Elba, Barcelona, 2020.

Georg Simmel. *Filosofía del paisaje.* 2.ª ed., Casimiro, Madrid, 2014.

Rebecca Solnit. *Wanderlust. Una historia del caminar.* Traducción Álvaro Matus. Capitán Swing, Madrid, 2015.

George Steiner. *Diez (posibles) razones para la tristeza del pensamiento.* 6.ª ed. Siruela, Madrid, 2020.

George Steiner y Cécile Ladjali. *Elogio de la transmisión.* 4.ª ed., Siruela, Madrid, 2016.

Henry David Thoreau. *Walden.* Prólogo de Michel Onfray. Trad. de Marcos Nava García. 2.ª ed. Errata Naturae, Madrid, 2017.

María Zambrano. *Claros del bosque.* 1.ª reimpresión. Introducción de Joaquín Verdú de Gregorio. Alianza Editorial, Madrid, 2020.

AGRADECIMIENTOS

A Toni Calvo Roy, por nuestra larga amistad, por enseñarme la belleza de las encinas y acercarnos a María Jesús. A Giuseppe Maio, y a la Librería Enclave, por tantas recomendaciones sabias. A Martín Obligado, por las observaciones sobre los árboles y la física. A Nuria Barrios, por recordarme una cita de María Zambrano. A Ana Casas, por su sabiduría reflexiva y las observaciones sobre el yo y el otro yo. A Irene Villarejo, por su charla sobre filosofía y naturaleza. A Conchi González Catalán por sus explicaciones sobre el Génesis. A Javier Siedlecki, Esther Pérez, y Camila Paz por sus lecturas y comentarios. A Carmen Valcárcel, por acercarme, de manera tan oportuna, unos versos de Juan Ramón Jiménez. A Roco, como siempre, por casi todo.

Este libro lo escribí en Robledillo de la Vera, Cáceres, Extremadura, entre los meses de octubre de 2020 y julio de 2021. El aislamiento y las clases por zoom me permitieron pasar allí las cuatro estaciones.

La tercera edición de este libro se terminó de
imprimir el 13 de noviembre de 2022,
día de San Eugenio.
y
«para San Eugenio
castañas al fuego
lumbre en el hogar
y ovejas a guardar».